森林有童话

大嘴蓝松鸦萨米

〔美〕桑顿·伯吉斯（Thornton W. Burgess）著
〔美〕哈里森·卡迪（Harrison Cady）绘　韩慧莉 译

现代教育出版社
Modern Education Press

图书在版编目（CIP）数据

大嘴蓝松鸦萨米／（美）桑顿·伯吉斯著；（美）哈里森·卡迪绘；韩慧莉译．－－北京：现代教育出版社，2019.1
ISBN 978-7-5106-6673-5

Ⅰ．①大… Ⅱ．①桑… ②哈… ③韩… Ⅲ．①童话－美国－现代 Ⅳ．① I712.88

中国版本图书馆 CIP 数据核字（2018）第 241967 号

大嘴蓝松鸦萨米

（美）桑顿·伯吉斯著；（美）哈里森·卡迪绘

译　　者	韩慧莉
出 品 人	陈　琦
选题策划	王春霞
责任编辑	魏　星　于文倩
装帧设计	翊　彤
出版发行	现代教育出版社
地　　址	北京市朝阳区安华里 504 号 E 座
邮　　编	100011
电　　话	（010）64251036（编辑部）
	（010）64256130（发行部）
经　　销	全国新华书店
印　　刷	北京飞达印刷有限责任公司
开　　本	880mm×1230mm　1/32
印　　张	5.75
字　　数	150 千字
版　　次	2019 年 1 月第 1 版
印　　次	2019 年 1 月第 1 次印刷
书　　号	ISBN 978-7-5106-6673-5
定　　价	29.80 元

版权所有　侵权必究

前　言

伯吉斯是美国著名的儿童文学作家，自然主义者，自然资源保护论者，他创作了大批童话作品，被称为"睡前故事大叔"。在欧美地区，伯吉斯的动物文学作品广受儿童欢迎，诺贝尔经济学奖获得者乔治·阿克洛夫、"迪士尼世界"的创始人沃尔特·迪士尼、"斯凯瑞金色童书"的作者理查德·斯凯瑞等名人、作家从小就是这些作品的忠实读者。

伯吉斯不仅一生笔耕不辍，更是积极致力于大自然保护事业。他成立"芳草地俱乐部"，呼吁人们保护草地；积极促成迁徙类野生动物相关保护法案的通过；成立"户外俱乐部"，并组织征文活动，帮助孩子们认知、爱护鸟类，呼吁孩子们做"我们本地鸟类的好朋友"；成立"睡前故事俱乐部"，呼吁听众"仁慈地对待大自然的孩子们，保护它们，让它们远离天敌的伤害"。

人类自灵长类动物进化而来，我们往往不知不觉地把心灵状态加诸动物身上。动物题材小说的意义在于我们从动物身上看到了自己，或者看到自己的另一面，这一面可能埋藏于我们的内心深处，也可能是生活中本就存在而我们并不自知的一种状态。因此，加在动物身上的人类情感，相当大一部分是我们自己意识的投射。动物与人、人与自然，三者和谐相处，共同融合成美丽温馨的画卷。对于儿童来说，充分享有让自己的想象停留在童年梦幻波长上，是快乐成长的特权。

一套优秀的童书要带给孩子阅读的快乐，心灵

大嘴蓝松鸦萨米

的愉悦,回忆的温暖,知识的增长,智慧的启迪,使他们产生对人生的种种向往。对于这样的目标,动物小说有着天然的优势,伯吉斯的这套书就很好地实践了上述的宗旨。打开这套书,轻快地读一读,开心地笑一笑,孩子们会发现书中有狡猾机警的狐狸、勇敢聪明的兔子、贪玩调皮的土拨鼠,这些主人公性格各不相同,遭遇的经历也大相径庭,每个故事里有历险奇遇,有曲折情节,有感动,有眼泪,有欢声笑语,有愉快歌声,主人公最后都凭借自己的努力和他人的帮助实现了自己的心愿。优美的文字、流畅的表达、引人入胜的情节为这套书插上了梦想的翅膀,孩子们读完书后会长长出一口气,仿佛自己也经历了一场冒险似的,仿佛自己也化身为可爱、聪明、有智慧的小动物一般,心中无限欢喜,又觉得意犹未尽。书中的主人公也有着各种缺点和不足,这并不能妨碍他们去追求欢乐和笑声,通过追寻生活的美好,从而找到生活的意义。孩子们的世界简单而快乐,需要的正是这种潜移默化的教育方式,需要的正是春风化雨般的文字温暖,生搬硬

森林有童话

套、粗暴灌输、千篇一律，只会适得其反。

"黄梅时节家家雨，青草池塘处处蛙。"保护环境就是保护我们自己，人与自然和谐共生的理念要从娃娃开始培育。伯吉斯动物系列小说整体贯穿着这样一个思路："关心、爱护野生动物，保护大自然。"通过这套书，小朋友们会懂得，尊重生命，不论中外老幼；绿水青山，理应全人类共享。

现代教育出版社编辑部

2018年10月

孟加拉印象[1]（代序）

[印度]　拉宾德拉纳特·泰戈尔

帕提萨　1894年3月22日

我坐在舱口前，遥望着河面。这个时候，我突然看见一只长得很丑的水禽拼命朝对岸游去。与此同时，它的身后响起了不绝于耳的叫骂声和喊打声。我擦亮眼睛一看，原来那是一只母鸡。在即将

---

[1] 本文译自《拉宾德拉纳特·泰戈尔爵士书信集》，为节选。
　——清石译

被宰杀之际，它幸运地从船上的厨房里逃了出来，而后跳进水中，拼命向对岸游去。可是，就在它即将爬上河岸的当儿，它再次落入那些心狠手辣的追捕者的魔掌之中。我们的厨师拎着它，得意扬扬地回到了船上。我告诉那位厨师，今天晚上我不想吃肉了。

我的确应该认真考虑考虑戒荤的事儿了。我们坦然地大块吃肉，不曾感到丝毫的不安。我们之所以这样，根本原因在于我们从来都没有去细想我们的所作所为是多么的残忍、多么的不仁。世界上有很多种人为的罪恶，民族习惯、风俗、传统和社会法则不同，对这些罪恶的认识也会不同。但是，残酷和这些罪恶截然不同，它是一种原始的罪恶；狡辩和托词都不能改变它的性质。我们要是没有变得麻木不仁，那该有多好！这样，对于那些对残忍行为发出的抗议，我们就不再会充耳不闻；可是，我们却聚在一起，有说有笑，好不快活，一边做着残忍不仁的事儿，一边还感到心安理得——实际上，谁要是不随大溜儿，他就会被其他人扣上一顶"怪

人"的帽子。

由此可见，我们对罪恶的理解是多么的肤浅！在我看来，世上有一条至高戒律，需要每个人谨守：对一切生灵心怀怜悯。博爱是一切宗教的基石。前几天，我在一份报纸上看到一篇报道：一批价值五万英镑的肉，从英国本土运到非洲的一个军事基地时被发现已经变质，于是人们将这批肉退回。最后，它们在英国朴次茅斯港仅以数英镑的价钱被贱卖了事。这种浪费生命的行为是多么的骇人听闻！人们怎么可以这样视"珍宝"如敝屣！仔细想想吧，有多少无辜的生灵仅仅是为了点缀某次宴会上的碗盘而惨遭杀戮！更可怕的是，大多数生灵的肉竟然会被原封不动地撤下席去！

我们若是对自己的残暴行为浑然不知的话，我们倒可以请求原谅。但是，如果我们明明已经良心发现，可还是昧着良心，和别人同流合污，一起去残杀生灵的话，那我们就是在凌辱自己的良知。鉴于以上种种，我决定开始做一个素食主义者。

森林有童话

施里塔　1894年8月9日

　　今天我看到一只小鸟的尸体浮在水面上顺流而下。它死亡的经过并不难推演：它在村边的某棵杧果树上有个巢。它晚上回到暖融融的小巢里，想美美地睡上一觉，让它那小小的身躯里的疲惫得以释放。谁知博多河突然狂性大作，把杧果树树根上的泥土冲得一干二净。这个可怜的小家伙不但失去了小巢，也永远不会再醒来。

　　大自然无坚不摧，在它的面前，我自己和其他生物的区别根本就微乎其微。在这里的城市里，人类总是处于主宰地位。他们只关心自己，却对其他生物的苦乐无视到近乎残忍的地步。

　　在欧洲，同样地，人类也处于主宰地位。因此，动物在他们的眼里，仅仅是动物而已。不过，在印度人看来，人托生为动物，动物托生为人，灵魂轮回的想法一点都不稀奇。因为，我们的经文不会把人们对众生的怜悯视作矫揉造作的情感而加以

大嘴蓝松鸦萨米

禁止。

  我来到乡村,和大自然亲密接触。这个时候,我性格中印度人的成分便占据了主导,哪怕面对的只是一只小鸟松软的胸腹中跃动着的那股生之喜悦,我也不可能无动于衷,漠然置之。

献 给

生活在芳草地和绿森林一带的那些

可爱的动物朋友

希望这套小册子可以

让我们大家携起手来

共同去保护那些纯真而又

时常面临来自人类威胁的动物朋友

目 录

孤独的迁徙者……………………………… 001

负鼠比利大叔突然变得非常亢奋………… 006

比利大叔空忙一场………………………… 011

比利大叔回到了家中……………………… 017

蓝松鸦萨米气得火冒三丈………………… 022

蓝松鸦萨米觉得自己疯了………………… 027

蓝松鸦萨米一整夜没合眼………………… 032

森林有童话

萨米为自己没有睡着而高兴…………………… 037
谜团变得越来越神秘…………………………… 042
蓝松鸦萨米寻求帮助…………………………… 048
乌鸦布莱基的计划果然奏效…………………… 054
没有人相信彼得兔的话………………………… 059
雨蛙斯迪克大倒苦水…………………………… 064
彼得兔和负鼠比利大叔不期而遇……………… 069
彼得兔和比利大叔察看动静…………………… 073
负鼠比利大叔吓了那人一跳…………………… 078
两位老友终于重逢……………………………… 083
恶作剧的制造者………………………………… 087
浣熊鲍比发现了事情背后的秘密……………… 092
浣熊鲍比和巴扎德老先生相见………………… 097
浣熊鲍比忙得不可开交………………………… 103
很多人不愿意搭理负鼠比利大叔……………… 110
比利大叔向巴扎德老先生请教………………… 115
负鼠比利大叔举办欢迎宴会…………………… 122
负鼠比利大叔口中的特大惊喜………………… 127
小嘲鸫莫克尔在绿森林安下了家……………… 133

伯吉斯的动物世界……………………… 141
卡迪的动物朋友………………………… 144
精彩评赞集锦…………………………… 147
后记：动物们的世外桃源……………… 150

孤独的迁徙者

春姑娘从南方来了,给芳草地、绿森林、欢笑小溪和微笑池塘带来了久违的欢乐和喜悦。很多旅行者和她一起来了,有的和她同行,有的跟在她的身后。万人迷蓝歌鸲温莎比春姑娘稍稍早来了一步,因为温莎是春姑娘的信使。接下来,在非常非常遥远的碧蓝碧蓝的万里晴空之外,传来了黑雁洪克的叫声,春姑娘真的来了。和她同行的旅行者有小

森林有童话

朋友歌带鹀斯帕罗、歌手北美知更鸟罗宾和白眉歌鸫雷德温夫妇。接下来，更多的旅行者也来了，他们全都迫不及待地想赶紧返回美丽的绿森林和芳草地。

当然喽，也会有一些长着羽毛的小动物会觉得千里之外的老南方最适合长年居住。秃鹫巴扎德老先生以前也是这样认为。说得准确一点，他曾经认为亲爱的南方是世界上最好的地方。直到后来，他出门去找自己的老朋友，那个已经搬到绿森林里的负鼠比利大叔，他才发现还有更好的地方——欢笑小溪、绿森林、微笑池塘、芳草地、里弗河。确定自己的脚既不会受冻也不会因为自己是个秃头而伤风感冒以后，秃鹫巴扎德老先生便搬到负鼠比利大叔家附近，决定在那里消夏。

不消说，秋天的时候，秃鹫巴扎德老先生从绿森林里返回老南方后，他肯定会有一肚子的奇闻趣事可以

大嘴蓝松鸦萨米

讲。整个冬天,他站在别人家的烟囱上取暖。他一边取暖,一边跟自己的亲朋好友讲述自己的各种旅途见闻。当然喽,他的一位朋友,那人同时也是负鼠比利大叔的老相识,听他的故事已经听得耳朵起了老茧,早就没兴趣听了。不过,这一回那人却突然来了兴致。是的!他的兴致非常高。他的胃口完全被吊了起来,他恨不得亲眼去看看秃鹫巴扎德老先生所说的那些有趣的事儿。不过,这个想法他没有告诉任何人,谁都没有告诉。他只是在那里仔细地听啊听,听得出神儿。而后他便按照自己的想法和计划去行动了。

其他的长着羽毛的小动物们听了秃鹫巴扎德老先生的故事以后,心里痒痒的,全都想飞到秃鹫巴扎德老先生所说的那个绿森林里,想亲眼见识一下那里的风土人情。甚至连秃鹫巴扎德老先生和负鼠比利大叔的那个老朋友也想马上走一趟呢。秃鹫巴扎德老先生和负鼠比利大叔的那个老朋友没把这个想法告诉任何人,随后他们各自出发了。之前,负鼠比利大叔的那个老朋友从没有走过这条路,也没

003

森林有童话

去过绿森林,当然不怎么认识路。不过,他还是闷着头,一直往前飞,飞啊飞,还时不时躲着其他人的目光,从来不去问路。有时候,他会怀疑自己到底能不能抵达绿森林。这时,他突然会想起秃鹫巴扎德老先生特别喜欢在碧蓝碧蓝的半空中盘旋来盘旋去。

"俺只要继续往前走,见到秃鹫巴扎德老兄就可以了。"他自忖道。于是他继续往前走啊走,闷着头,不跟任何人搭讪,总是抬着头看着碧蓝碧蓝的天空。终于有一天,他看到碧蓝碧蓝的半空中出现了一个

小黑点。那个小黑点在空中盘旋来盘旋去，盘旋去盘旋来。接着，他一点一点往下俯冲。最后，落到了树林里。

"那是秃鹫巴扎德老兄，这里肯定就是负鼠比利大叔居住的那个绿森林了。"那个独行者一边想，一边咯咯地笑了起来。"俺觉得俺得给比利大叔一个惊喜。呃，不错，俺要这么做。"

不过，负鼠比利大叔和秃鹫巴扎德老先生对他们的老朋友兼老乡的到来一无所知。他们还以为他仍待在老远老远的老南方的老树林里呢。

负鼠比利大叔突然变得非常亢奋

负鼠比利大叔坐在他搭窝的那棵空心大树的树下。今儿早上,比利大叔心情非常不错。这都是因为他吃了一顿丰盛的早餐。我们知道,在这个世界上,饱饱地美餐一顿,肯定会让一个人心情不错的。现在,农夫布朗的儿子不再扛着那杆有着黑洞洞枪口的猎枪在绿森林或者芳草地一带追踪他了。负鼠比利大叔终于不用整天提心吊胆的了。更可喜可贺

大嘴蓝松鸦萨米

的是,狐狸外婆格兰尼和狐狸雷迪已经搬走了,从这里搬到老沙窝那边去了。比利大叔高兴极了,他家的那八只小负鼠可以在这一带自由自在地玩耍嬉戏了,他再也不用担心随时会有险情发生了。

他一边倚在那棵空心大树上,一边心里盘算着今天晚上摸黑溜到农夫布朗家的养鸡场里去偷吃那些鲜鸡蛋会不会有什么危险。他听见负鼠老太太正在打扫房间,还听见她正在斥骂那些调皮的小负鼠,嫌他们老是爬到她的背上。

森林有童话

比利大叔一边支着耳朵听，一边咧开嘴笑了。而后他扯开怪怪的破锣嗓子唱了起来——

俺老婆现在就是一个黄脸婆——
俺绝不是夸大其词，绝不是夸大其词！
她伶牙俐齿，干活儿贼麻利——
俺绝不是夸大其词，绝不是夸大其词！
不过，俺的家让她收拾得一尘不染。
她给她的丈夫做的饭菜可口好吃。
她常常责罚打骂俺们的那些孩子，
不过，她那是盼他们快点儿有出息。
她伶牙俐齿，内心却善良无比——
俺绝不是夸大其词，绝不是夸大其词！

"你最好别赖在这里了，赶紧去弄些吃的东西来，我们的晚饭还没有着落呢。"负鼠老太太把自己那张小脸伸到洞口处，语气中充满尖酸刻薄的味儿。

"遵命，夫人，遵命，夫人。俺也正在想这事儿呢。"比利大叔一边拍拍屁股站起来，一边老老实实

大嘴蓝松鸦萨米

地说。就在这个时候,他的那八只小负鼠你挤我拥地从树洞里钻了出来,简直吵闹死了,比利大叔烦得赶紧用双手堵住耳朵。"上帝啊,吵死俺算了!"他大叫道。这时,一只小负鼠抓起比利大叔的尾巴,使劲拽了起来。另外两只爬到了他的后背上。不到两分钟的时间,比利大叔就被那些小负鼠弄倒在地,和他的那些孩子们在地上疯了似的翻滚,玩了起来。

　　玩了一会儿,比利大叔从地上爬起来。他的那双眼睛闪着兴奋的光,可爱的小耳朵支棱着。"嘘——小子们!"他命令道。"你们这么吵吵闹闹的,俺怎能听得见别人说话呀?"他给了其中一只小负鼠一耳刮子,然后又拧了一把另一只负鼠的耳朵。所有的小负鼠立马老实了下来。比利大叔把右手放到右耳旁,支成喇

森林有童话

叭状,聚精会神地倾听着。

"俺敢肯定,俺听见俺的一位老乡从老南方赶来了!俺敢打包票!"他咕哝道。而后他不再说话了,脚步匆匆地跑进绿森林里。他的家人从老树林里搬到这里以来,他还是第一次这么兴奋。

比利大叔空忙一场

　　负鼠比利大叔非常兴奋。你要是看见他的样子，你也会这么说的。他脚步匆匆地跑出绿森林，沿着山野小路跑开了，连声再见也没跟负鼠老太太和那八只小负鼠说。那些小负鼠急忙跟在比利大叔的身后追。连声再见都不跟家人说，这件事在比利大叔的身上还是第一次发生。是的！比利大叔的确非常兴奋。

森林有童话

负鼠老太太坐在那棵空心大树上的洞口处,看着比利大叔消失在自己的视野里。她的那双小小的锐利的眼睛变得更加锐利了。"那个没用的老东西是找食物去了?我怎么觉得他早把这件事忘得一干二净了。"她嘟囔道。"看看他那呆头呆脑的小样儿,两眼望着天,就跟天上会掉下馅饼给我们的孩子们吃似的!这时候,他要是想着去找鸟蛋的话,那他肯定是吃错药啦。是的,上帝啊!那个没用的老东西肯定把我吩咐给他的事儿给忘了。俺的那些小崽儿要是想吃东西的话,俺看,俺得自己亲自出马,去找一些东西来喽!"

连声再见都不跟家人说,这件事在比利大叔的身上还是第一次发生。

森林有童话

负鼠老太太把那八只小负鼠撵进树洞里，还警告他们说，在她出门期间，不许把头伸到外面。而后便出去寻找吃的去了。她一边走，一边小声嘟囔着。

负鼠老太太说得一点没错。比利大叔早把寻找晚饭的事儿抛到了脑后。我们知道，他的心里在想着其他事儿。他和他的那些孩子一起玩耍嬉闹的时候，他确信他听见远处传来了说话声。那个说话声听起来非常非常像他的一位老乡的声音。比利大叔支起耳朵仔细地听呀听，可是那个声音再也没有出现过。可是，他固执地相信自己确实听到过。一想到自己的老乡可能住在绿森林里的某个地方，比利大叔就变得兴奋不已。他竟然害起了思乡病。他得去找他的那位老乡。

那天剩下的时间里，负鼠比利大叔在绿森林里东瞅西看，盯着树顶仔细瞧，扒开灌木丛认真看，看得他脖子都僵了。可是，连他那位老乡的影子也没有瞧见。他越找，就越觉得兴奋，越觉得有趣。

"你怎么了？"臭鼬吉米在小山坡坡顶处的羊肠

大嘴蓝松鸦萨米

小道上和比利大叔不期而遇,就好奇地问道。"没事儿,没事儿,哥们儿!俺出来散散步,锻炼一下身体!"比利大叔一边急匆匆地继续赶路,一边用余光看了看臭鼬吉米。很显然,他不想告诉别人自己在干什么。因为,他认为对的东西如果最终证明是不对的话,别人会耻笑他的。

"比利大叔什么时候开始关心起自己的健康啦,这还真是件怪事儿。"臭鼬吉米一边望着比利大叔远去的背影,一边咕哝道,脸上写满疑惑。

那轮整天乐呵呵的红圆脸太阳公公消失在紫山丘的后面的时候,比利大叔终于放弃了,开始往回走。他抬头朝一棵棵树顶上看,脖子都已经抬僵了;他走了一整天的路,脚底都磨出水泡来了。这个时

015

候,比利大叔才突然想起了负鼠老太太吩咐自己要办的事儿。比利大叔一屁股坐到地上,懊恼地搓着额头。

"俺想,这次俺肯定吃不了兜着走。这次肯定逃不脱惩罚了!"他说。

比利大叔回到了家中

负鼠比利大叔摸着黑儿往自己的家所在的那棵空心大树赶去。

"俺想,这次俺肯定吃不了兜着走。这次肯定逃不脱惩罚了!"他嘟囔个不停。

比利大叔在黑夜里往前走,最后,他终于来到那棵大树下。他抬起头,看了看洞口。而后坐到地上,又看了一会儿。一切都静悄悄的。树洞里一丝

声响也没有。

"或许，俺家那口子出去串门儿了。俺可以偷偷溜进去，在她回来之前就爬到床上。"比利大叔一边说，一边起身开始往树上爬，心里怀着一丝侥幸。

可是，他的脚趾刚沾到树皮上，负鼠老太太的那张阴沉的脸就出现在了洞口处。"晚上好，亲爱的。"比利大叔说，声音出奇地温和。

负鼠老太太什么也没有说。可是，比利大叔觉

得她的那双利刃般的眼睛都快把自己刺穿了。

比利大叔一边强打起精气神儿,一边怯生生地笑道:"俺希望你们今天晚上心情不错。"

"俺让你找的食物在哪里呀?"负鼠老太太话中带刺地说。

比利大叔看上去非常慌乱不安。"俺从农夫布朗家的养鸡场里给你们借来了两枚鸡蛋。"他嗫嚅道。

"两枚鸡蛋?!两枚鸡蛋?!用两枚鸡蛋来填饱八张嗷嗷待哺的小嘴,你觉得这现实吗?"负鼠老太太凶巴巴地质问道。

比利大叔低下了头。他不知道自己该说什么。一整天,他都在绿森林里疯跑,认定自己听到了一位老乡的声音。他本来是应该给他的那八只小负鼠找食物的。可是,这事绝不能让负鼠老太太知道。是的!比利大叔窘迫极了,一句话也说不上来。

哦,上帝啊,上帝啊,上帝啊!负鼠老太太一边从空心大树上爬下来取那两枚鸡蛋,一边对负鼠大叔一顿痛骂。比利大叔知道自己是罪有应得,心情糟透了。此时又累又饿,一点气力都没有了。他

森林有童话

一屁股坐到空心大树底下，一言不发。这时，负鼠老太太在其中一枚鸡蛋上叮了个小洞，而后吮吸了起来。她始终用冷酷的目光恶狠狠地盯着比利大叔。吸光那枚鸡蛋以后，她把剩下的那枚推到了负鼠比利大叔的面前。

"吃了它吧！"她简短地说。"你看上去还没吃东西吧。"（她猜得没错。）"吃完以后，赶紧去睡觉。你已经受到足够的惩罚了。"

比利大叔听从负鼠老太太的吩咐，乖乖地照做了。他一边钻进舒适温暖的被窝里，一边睡意蒙眬

大嘴蓝松鸦萨米

地嘟哝着——

    负鼠老太婆的嘴巴凶得像把刀,
    但我知道,真实的她并不这样。
    其实她有副非常非常好的心肠,
    虽然她从来不在人前自我宣扬。

蓝松鸦萨米气得火冒三丈

大嘴蓝松鸦萨米气得火冒三丈。没错!大嘴蓝松鸦萨米一肚子的火气。说得更准确点儿,萨米已经快被气疯了!你干坏事的时候,被别人抓了个现行,挨人一顿臭骂,已经够你受的了;更何况,那件坏事明明不是你干的,你甚至一点都不知情,可别人却一口咬定是你干的。大嘴蓝松鸦先生肯定也接受不了。这事儿还得从今儿早他遇见了臭鼬吉米说起。

"早上好，大嘴蓝松鸦萨米！昨天晚上，天都那么晚了，你还在瞎逛什么呀？"臭鼬吉米问。

"我从来不开夜车的！太阳公公一跑到紫山丘后面，我就会准时上床睡觉的。从来没有例外。"大嘴蓝松鸦萨米回答说。

"哼，别扯了，大嘴蓝松鸦萨米！你这辈子到底能不能说回真话呀！太阳公公上床睡觉以后，又过了很长一段时间，我突然听见了你的尖叫声，搅得绿森林里一片慌乱。你到底发生了什么事？"

大嘴蓝松鸦萨米气得直跺脚，即刻心里的火就冒了出来。我们知道，他的脾气一点就着。"我没半句假话！"他尖叫道，"我已经告诉你了，昨天晚上，我和往常一样准时睡觉，并且一觉睡到天亮。"

"那么，你肯定是做了个噩梦，说梦话了。"臭鼬吉米一边说，

一边转过身,背对着大嘴蓝松鸦萨米。萨米早就气急败坏了,气得一时竟然一句话也说不上来。顺过气来以后,他飞到空中,扯开嗓门儿尖叫了起来。他从老沙窝上空飞过的时候,还在尖叫呢。彼得兔恰好正在打盹儿。

彼得兔困得眼皮直打架。早上好不容易眯上一会儿,却让别人给搅了,他心里很是不爽。

"喂,大嘴蓝松鸦萨米!昨晚你已经够吵的了,今天就不能让我们这些老实人清静一会儿啊?"彼得兔大声质问道。

大嘴蓝松鸦萨米落到老沙窝附近的一棵小樱桃树上,眼睛里的怒火直往外冒。他恶狠狠地怒视着彼得兔。"开什么玩笑呢,彼得兔?昨天晚上,我一直睡得死死的。你们却一口咬定我大声尖叫过。你是第二个冤枉我的人。"大嘴蓝松鸦萨米说。

"那说明你睡觉的方式非常好玩儿。"彼得兔说,"好了,萨米,告诉我实话吧!你为什么要在绿森林里大声喊'抓小偷'啊?"

"彼得兔,你和臭鼬吉米肯定是疯了。和疯子们

大嘴蓝松鸦萨米

一样疯！"大嘴蓝松鸦萨米气得暴跳如雷，"我告诉你了，我一直在睡觉。我要是尖叫的话，我想我会知道的！"

"听到尖叫声，我想我也是可以分辨出来的。"彼得兔说，"即使是在大白天里，尖叫都不怎么合适。我要是你的话，我肯定不会在大半夜里尖叫的。一旦让猫头鹰霍蒂听见了，你的小命就没喽。要想再尖叫，你可就没那个机会啦！现在，你赶紧走吧。我要睡一会儿。"

萨米飞走了。他都快气疯了。可是，更让他感到困惑不已的是，彼得兔他们是在故意激怒他呢，还是昨天晚上他在睡梦里真的大声尖叫过？他一边这么想着，一边飞到微笑池塘上空。麝鼠杰里恰好看见了他。

"你昨天晚上大声吆喝什么呀，大嘴蓝松鸦萨

米?"杰里问。

实在太过分了。大嘴蓝松鸦萨米垂头丧气地垂下翅膀和尾巴,脑袋也耷拉了下来。

"我不知道。我一点儿都不知道,真的!"他说。

蓝松鸦萨米觉得自己疯了

蓝松鸦萨米整天叽叽喳喳,
你猜,现在他有多夸张呀?
上帝,他一整夜都在尖叫,
他竟然一点都不感到困乏!

　　大嘴蓝松鸦萨米走到哪里,哪里都会有人在他身后这么叫喊。他一天要听上几十回乃至上百回这

森林有童话

样的叫喊。一开始,他会动气。他可以算得上是芳草地或绿森林一带最疯狂的一只蓝松鸦啦。

"这不是真的!这不是真的!这不是真的!"他大声地争辩说。

这个时候,他就会听见人们大声回应说:"是真的!"

萨米气得上蹿下跳,大声尖叫,尖叫,又尖叫,他简直都快被气昏了。

突然,他听见有人得意扬扬地唱了起来——

萨米发疯，我们乐得拍手欢庆，
惹他起毛，我们自有一套绝招！
终有一晚，他会吓得魂飞魄散，
等霍蒂一来，看他往哪里去逃！

听到这首歌，萨米真的害怕起来。一开始的时候，萨米没怎么放在心上，只当是生活在芳草地和绿森林里的小动物们拿他寻开心而已，他大半夜里尖叫的事肯定是他们编出来的。可听得多了，他不禁自我怀疑起来，不敢确定自己到底有没有大半夜说梦话，也许确实是真的吧。萨米不禁变得忧心忡忡起来。如果他果真大半夜爱说梦话的话，大喇叭猫头鹰霍蒂早晚会发现他的。早上的时候，他的漂亮的外套下就只能剩下一堆羽毛啦。

大嘴蓝松鸦萨米越想，心里就越害怕。他变得寝食难安，茶饭不思，没几日就瘦了一圈儿。他尽量躲着不让别人看见，再也不在绿森林里大声喊"抓小偷！"了。实际上，人们只是在白天很少听见萨

米这么叫。但是，一到晚上，他好像还和往常一样大声尖叫。至少，大家伙都一口咬定有这事。更可气的是，生活在绿森林里的不同地方的人都说在他们家附近听到了萨米的叫声，生活在芳草地上的人竟然也这么说！难道他一边到处飞，一边说着梦话不成？他每次都辩解说自己一整晚都在睡觉，可是没人相信他的话。他们反而说，萨米故意半夜醒来，存心这么做的。其实，他们应该知道的，萨米并不是夜行鸟类，夜里他完全是一个睁眼瞎，看不清东西和道路。在这一点上，他与礼炮夜鹰布默和大喇叭猫头鹰霍蒂不是一类人。可是，他们根本就不愿意动脑子想这个，一口咬定每天晚上萨米都要到欢笑小溪一带的赤杨林里四处乱叫。可是，每天早上，萨米醒来的时候，他都会发现自己并没有挪窝，还在昨晚睡觉的地方，安安全全地藏身在那棵松树上松针最茂密的地方。

"他们要是没疯的话，那肯定是我疯了。"大嘴蓝松鸦萨米自言自语地说，也没什么心情吃早饭了。突然，他计上心来。"我之前怎么没有想到呀？从

大嘴蓝松鸦萨米

今天开始,我白天睡觉,而后一整个晚上都不睡觉,看看到底会发生什么!"他大叫道。

　　大嘴蓝松鸦萨米一边这么想着,一边飞到绿森林里最暗的地方,打算在白天睡个觉。

蓝松鸦萨米一整夜没合眼

大嘴蓝松鸦萨米坐在黑暗处，浑身抖个不停。他感到非常孤独，比世界上的任何人都要孤独。实话告诉你吧，大嘴蓝松鸦萨米实际上是提心吊胆。是的！大嘴蓝松鸦萨米感到惊恐万分。每次听见树叶的沙沙声，他就会吓得魂飞魄散。他的心突—突—突地狂跳不止。他甚至可以听见自己的心跳声，至少他是那么认为的，他觉得大喇叭猫头鹰霍蒂随时

都有可能突然现身。他的心跳声自己听得清清楚楚的。

我们知道,在整天乐呵呵的红圆脸太阳公公戴上睡帽、爬到紫山丘后面的小床上睡觉之前,大嘴蓝松鸦萨米就已经躲起来睡觉了,这还是他有生以来第一次这么做。今晚,萨米藏在那棵松树上最昏暗最茂密的地方,不停地眨巴着眼睛,为的是不让自己睡着。他已经下定决心了,今晚他要一整夜都不睡觉,再怎么孤独,再怎么害怕,他也不会睡觉。他一定要睁大眼睛,竖起耳朵。

森林有童话

　　他这么做到底是为了什么呢？朋友们，那是因为生活在芳草地和绿森林一带的那些小动物一口咬定大嘴蓝松鸦萨米每天夜里都会大喊大叫，叫声尖利而难听，和他白天里的叫声一模一样。他们中的一些人见了他气得哇哇叫。因为他们说，他们晚上本来想好好睡一觉的，可是老是被他的尖叫声吓醒。现在，他已经想明白了一些。这辈子他都不会在半夜里尖叫了，除非——呃，除非他是在睡梦中尖叫的，而他却全然不知道这件事。于是他下定决心，要一整夜都不合眼；就这样等到天亮，他倒要看看还会有谁说他吵醒了他们。

　　萨米看见绿森林里有一道树影缓缓移动，树影变得越来越暗，越来越暗。树影越暗，萨米就越觉得孤独和害怕。天色也变得越来越暗，最后黑得伸手不见五指，任何一点声响都会让他心惊肉跳。白天的时候，逗逗英雄，倒也不难；可是到了晚上，四处一片漆黑，一丁点儿的声响听起来都要比平时响上一两倍，他肯定会感到汗毛倒竖、毛骨悚然的。现在，大嘴蓝松鸦萨米就是这么个处境。他觉得自

己的魂儿都快要被吓飞了。他不停地给自己打气："没什么可怕的！没什么可怕的！现在，我很安全，和以往睡觉的时候一样安全。"可是，一点儿用也没有，他还是浑身抖个不停。

过了一会儿，萨米抬起头，透过松树间的空隙，看见一颗颗小星星一一爬到天穹上。看上去，他们就在自己的头顶上，正高兴地朝他眨巴着眼睛呢。很奇怪，他竟然不那么孤独了。而后他也冲着他们眨巴了几下眼睛。就在这个时候，一道道柔和的银灰色光线透过松树间的空隙洒落到地面上。它们是月光，这个时候，萨米可以看清一点点东西了。他

森林有童话

感觉好了一些。

"呜——呜——呜,呜——呜!"

叫声听起来非常可怕,声音里充满杀气,想必是那人饿极了。大嘴蓝松鸦萨米差点儿从树枝上跌落下来。他张开嘴,惊恐地大声尖叫了起来。这时,他突然想起来了什么,而后他赶紧闭紧了嘴巴。那是大喇叭猫头鹰霍蒂出来觅食的时候发出的声音。大嘴蓝松鸦萨米蜷缩着身子藏在一小丛颤动的松针里。摄人心魄的叫声再次响彻整个绿森林。这时候,一道大黑影从松树上空飞过。萨米没有被大喇叭猫头鹰霍蒂发现,他终于舒了一口气。

萨米为自己没有睡着而高兴

现在,大嘴蓝松鸦萨米一点睡意也没有。一点也没有!他即使困得眼皮子打架,恐怕也没那个胆儿——自从听到凶恶的饥肠辘辘的大喇叭猫头鹰霍蒂的尖叫声以后,他就被吓得失魂落魄。他犹如一只惊弓之鸟,浑身颤抖,毛骨悚然,片刻不敢闭眼。可是,他都快要困死了。

大嘴蓝松鸦萨米就这样藏在那棵松树的深处,

吓得体似筛糠，魂不守舍，可怜极了。他听见浣熊鲍比正沿着山野小路往农夫布朗家的玉米地走去，那里的玉米刚刚成熟，鲜嫩而可口。一片如水的月光下，彼得兔正欢快地又蹦又跳，玩儿得不亦乐乎。不一会儿，彼得兔的堂兄飞毛腿野兔黑尔来了。他们的舞蹈可真是滑稽极了！大嘴蓝松鸦萨米一边看，一边差点忘情地笑出声来。看着他们在附近玩耍，萨米不再那么孤单和害怕了，他真想大声叫上一句。可是，他绝对不可以这么做，绝对不可以。不然的话，别人就会知道他一整晚上都在熬夜了。

又过了一会儿，臭鼬吉米也来了，走进了那片月光之中。他先后和彼得兔、飞毛腿野兔黑尔相互摸了摸鼻子。这是生活在绿森林里的小动物们相互道晚安时的特有礼节。

"大多数情况下，大嘴蓝松鸦萨米是不是睡着的时候才会尖叫呀？"彼得兔问。

萨米支起了耳朵。"睡着的时候尖叫！简直是一派胡言！大嘴蓝松鸦萨米和我一样，一点都不贪睡。他那是居心不良，他之所以大声尖叫，就是不想让

大嘴蓝松鸦萨米

那些善良诚实的人睡个踏实觉。在我看来,今晚这么好,没有谁不想美美地睡个安稳觉的。他们好好地睡觉,真是求之不得的美事。"臭鼬吉米回答说。

"可是,大嘴蓝松鸦萨米分明说,他晚上没有尖叫啊。他对此事一无所知啊。"彼得兔说,"你是否亲眼见过他在大半夜里尖叫?"

"没有。但是,这根本用不着。"臭鼬吉米说,"我敢肯定,我一搭耳朵就能听出他的声音。过去的那些夜晚,我已经无数次听见他的尖叫声了。上帝

森林有童话

可以给我作证！请你告诉我，彼得兔：除了大嘴蓝松鸦萨米，还有谁的叫声——'抓小偷！抓小偷！抓小偷！'——会和他的一样啊？"

彼得兔摇了摇头。"我觉得你说得没错，臭鼬吉米。我觉得你说得没错。"他说。

"我当然说得没错。快，仔细听！"吉米举起一只手，示意彼得兔保持安静。没错，那几声尖叫就是大嘴蓝松鸦萨米发出的，就在欢笑小溪旁边的那片赤杨林附近。他正大声喊着"抓小偷！抓小偷！抓小偷！"呢！

大嘴蓝松鸦萨米

他们全都听到了。当然喽,大嘴蓝松鸦萨米也听到了。他忍不住使劲掐了一下自己,以确定自己没有睡着,没有离开那棵松树。

"那是我的声音,不,那不是我的声音!我一点儿声响也没有发出来,那些叫声是从赤杨林那边传来的。而我呢,我正在这里的一棵大松树上乖乖地待着呢!"大嘴蓝松鸦萨米自言自语道。

"我并没有睡着,这真让我高兴,可是——"他一边说,一边唱了起来——

我是不是已经发疯?!
我忍不住心乱如麻。
我没发疯,又是咋啦!
可我明明心智正常嘛!
不对,我肯定是疯啦!

谜团变得越来越神秘

你凑巧遇见一个半熟脸儿,
能否断定他是你的熟脸儿?
你是否可以告诉其他熟脸儿,
那个半熟脸儿是你的熟脸儿?

　　不消说,哼着这首无聊透顶的小曲儿的那个人正是大嘴蓝松鸦萨米。不过,这首小曲儿恰好是萨

米目前处境的生动写照。一整个晚上,他都一直在压制着瞌睡虫,只想搞清楚一件事——那些生活在绿森林和芳草地一带的小动物每次遇见他,他们都会向他抱怨说,他每晚都会尖叫,叫声和他白天时发出的"抓小偷!抓小偷!抓小偷!"的声音一模一样。他们到底为什么都这么说呢?现在,他知道了。他躲在松树上,听见了自己的叫声,更准确点说,和他的叫声一模一样的叫声,凄厉的叫声响彻欢笑小溪附近的整个赤杨林。萨米使劲掐了自己一下,以确定自己到底有没有睡觉,到底是不是正在做梦。因为,我们知道,赤杨林那里传来了他的叫声,而他自己现在明明就待在这里的松树上,两瓣嘴唇比上了锁还要坚固呀!我们的蓝松鸦先生什么时候遇到过这么让自己伤透脑筋的事儿?

不过,有一点大嘴蓝松鸦萨米已经确信无疑,那就是他没有在睡着的时候尖叫。他感到非常欣慰。现在,他终于恢复食欲了。我们还记得,别人指责萨米说他大半夜里尖叫的时候,他竟然也怀疑起自己来,以为自己真的会在大半夜里尖叫呢。他要是

森林有童话

真这么做了，呃，某个漆黑的夜晚大喇叭猫头鹰霍蒂要是循着他的叫声找来的话，他的小命就会彻底完了。现在，他知道自己终于可以和往常一样，晚上好好睡个踏实觉了。

　　大嘴蓝松鸦萨米用心地拂拭着自己的那件漂亮的蓝色外套，把上面的褶皱抻平，好让自己看上去倍儿有精神。最近一段时间，他一直心神不宁，没顾得上好好照顾自己。这可不是人们所认识的那个大嘴蓝松鸦萨米。不过，现在压在他心头上的石头

已经搬开了,他又关心起自己的相貌来。打扮完毕以后,他张开翅膀,向欢笑小溪附近的那片赤杨林飞去,想探个究竟。当然喽,他不希望在那里听见自己声音的叫声。谁会愿意突然听见一个酷似自己的叫声啊?同时,他心里还盘算着,也许他可以发现些蛛丝马迹,可以用来解答困扰人们已久的疑问。

他在欢笑小溪附近的那片赤杨林里四处寻找。可是,这里一点异样也没有。之后的很长一段时间里,他竭力保持安静,绞尽脑汁地想啊想。最后,他自言自语道:"我要看看我的叫声在这个地方听起来到底会是个什么样子。"他一边说,一边大声叫道——

"抓小偷!抓小偷!抓小偷!"

突然,巧妇鹪鹩珍妮大骂起来。她气急了,一秒钟也憋不住了。哦,上帝啊,太可怕,她骂得真是凶极了!

"你应该为自己的所作所为感到羞耻,大嘴蓝松鸦萨米!你应该为自己的所作所为感到羞耻!"她凶巴巴地说,"大半夜里,你即便不跑到我这里尖叫,

森林有童话

我都已经受够了！"

"我从来没有在晚上的时候来过这里，我也没有吵醒过任何人！"大嘴蓝松鸦萨米气急败坏地说。

巧妇鹪鹩珍妮来到大嘴蓝松鸦萨米的跟前，在他面前上蹿下跳，指着他的鼻子尖儿骂个不停。她实在是气急败坏了，每骂一句，她都会猛地摇一下她那滑稽的短尾巴，看得大嘴蓝松鸦萨米忍不住想笑。

"休想拿这个来搪塞我，大嘴蓝松鸦萨米！休想拿这个来搪塞我！"她大叫道，"我亲眼看见你站在

大嘴蓝松鸦萨米

那边的那棵赤杨树上,难道我自己的眼睛会骗我不成?休想拿这个来搪塞我!你应该为自己的所作所为感到羞耻!"

蓝松鸦萨米寻求帮助

大嘴蓝松鸦萨米的头疼得要命,简直就要疼炸了!他挖空心思地想呀想,想呀想。现在看起来,整个世界似乎全都一下子变得混乱不堪。在他的那颗小小的脑袋里,各种可怕的想法乱作一团,让他头都炸了。此前,生活在芳草地和绿森林一带的小动物们众口一词地指责他大半夜里大喊大叫,搅了他们的好梦。他不服,就熬了整整一夜,想找出那

个搞恶作剧的人，还自己一个清白，可偏偏这个时候，他听见从欢笑小溪那边传来几声酷似自己的尖叫的声音——"抓小偷！抓小偷！抓小偷！"可是，自己明明待在绿森林里的一棵大松树上呀！

吃这么个哑巴亏，这已经足够让萨米火冒三丈了。可是，巧妇鹪鹩珍妮站在自己的跟前，说她亲眼看见大嘴蓝松鸦萨米站在一棵赤杨树上，大半夜里大声尖叫，说得有鼻子有眼儿的，而他那个时候早就回到绿森林里的那棵大松树上了，这让大嘴蓝松鸦萨米哪能受得了呀。他头疼得要命也不足为奇了。现在，没有几个生活在绿森林和芳草地一带的小动物愿意跟他说话了。一见他，他们立马转身就走。他知道，他们从来就不怎么喜欢他，所以他们这么做，他也不怎么在乎。我们知道，萨米整天喜欢捉弄别人，别人讨厌他实在不足为奇。不过，让他替别人背黑锅，他还是会气不打一处来。

"我实在是受不了了！"大嘴蓝松鸦萨米说，"我实在是受不了了！我使劲想啊想啊，我的脑子里简直乱成了一锅粥，简直都快气晕了。在我的脑子

里，各种可怕的想法搅成了一团乱麻。我得去找人帮帮忙。那么，我应该去找谁帮忙呢？呃，好像平时没有哪个人愿意和我来往。"

"呱呱，呱呱，呱呱！"

大嘴蓝松鸦萨米赶紧支起耳朵，而后张开了翅膀。

"我的表哥，小黑乌鸦布莱基！"他叫道，"之前，我怎么没有想到他呀？小黑乌鸦布莱基是个机灵鬼，也许他可以告诉我怎么做。"

大嘴蓝松鸦萨米一边这么说着，一边急匆匆地去找小黑乌鸦布莱基，要把自己的烦心事告诉他。

布莱基一边倾听着大嘴蓝松鸦萨米的伤心事，一边眨巴着眼睛。萨米说完以后，他请求布莱基帮帮自己。布莱基陷入了沉思之中。萨米坐在那里，耐心地等着答案。他知道，布莱基的脑袋瓜儿非常

布莱基一边倾听着大嘴蓝松鸦萨米的伤心事，一边眨巴着眼睛。

灵光，肯定可以想出法子解开这个迷局的。

"怎么把那个栽赃给你的人找出来，我还没有头绪。不过，我倒是可以告诉你怎么证明你自己没有在大半夜里大声尖叫。"过了一会儿，小黑乌鸦布莱基说。

"我该怎么办？"大嘴蓝松鸦萨米急切地问。

"你暂时离开芳草地和绿森林一阵子，在外面待上一个星期。"小黑乌鸦布莱基回答说，"到离这里很远的老牧场去，到雷迪和狐外婆格兰尼住的那个地方去。你上床睡觉的时候，故意让礼炮夜鹰布

默看见。然后,你拜托他去找彼得兔,把你的住处告诉彼得兔。彼得兔向来都是个心里藏不住话的人,他会把你已经搬到老牧场这件事告诉别人的。那个时候,别人就不会再误会你了。"

"妙极了!"大嘴蓝松鸦萨米大声叫好,"我马上照办!"说完,他便飞走了,准备到老牧场暂时住上一阵子。

乌鸦布莱基的计划果然奏效

"抓小偷！抓小偷！抓小偷！"狐外婆格兰尼在老牧场上的一座大山脚下的牧牛小道上散步时，听到这几声叫喊。她咧开嘴笑了。在一丛灌木和小树林的最深处有一个大岩洞，狐狸雷迪和狐外婆格兰尼刚刚搬到这里。那几声叫喊狐狸雷迪也听见了，他的笑容比狐外婆格兰尼要灿烂得多。自从他和狐外婆格兰尼搬到这个荒凉偏僻的老牧场以后，这还

大嘴蓝松鸦萨米

是他第一次听见生活在绿森林和芳草地一带的小动物们的声音,而且来者是孤身一人,这真是太好了。

"大嘴蓝松鸦萨米为什么要来这里呢?"雷迪一边自言自语,一边吃力地从乱蓬蓬的茂密灌木丛和小树林里走出来。一小会儿之后,他看见了一件漂亮的蓝色外衣,颜色光亮鲜艳,上面装饰着白色的衬边。

"喂,大嘴蓝松鸦萨米!是哪股风把你吹到这里的?"狐狸雷迪大声说。

大嘴蓝松鸦萨米听到了雷迪的说话声,急匆匆地飞到狐狸雷迪的身旁。

"你好,狐狸雷迪!最近不错吧?"快嘴蓝松鸦萨米说。

"很好,谢谢你的关心。你为什么会来这个荒凉的地方?"雷迪问。

"说来话长!"大嘴蓝松鸦萨米说。

森林有童话

"不妨说来听听!"狐狸雷迪乞求道。

大嘴蓝松鸦萨米于是竹筒倒豆子般地把自己在芳草地和绿森林一带所遭受的冤屈告诉了雷迪。他还告诉雷迪,那里的人一口咬定是他在大半夜里大声尖叫,吵得他们没法睡觉,他们见了他都不愿意跟他说话了。他还告诉雷迪,他为此而通宵熬夜,就在半夜时分,他听见了几声酷似自己叫声的声音,可他实际上一直把自己的嘴闭得严严实实的。然后,他又把小黑乌鸦布莱基的点子告诉了雷迪,也就是

让自己到老牧场这里小住一个星期。这样一来，要是生活在芳草地和绿森林一带的小动物们再在大半夜里听见尖叫声的话，他们就会知道大声尖叫的那个人不是他大嘴蓝松鸦萨米了。狐狸雷迪一边听，一边心里乐开了花。我们知道，有幸灾乐祸这样一个成语，一想到也会有人像自己那样被人从芳草地和绿森林一带撵出来，雷迪就感到乐不可支。

那天晚上，大嘴蓝松鸦萨米找了一个看似非常安全的地方，打算在那里睡上一觉。整天乐呵呵的红圆脸太阳公公躲到紫山丘的后面以后，萨米看见礼炮夜鹰布默正在高高的空中盘旋，找寻着猎物。萨米尖叫了两声。布默听到叫声，俯冲了下来。

"咦，大嘴蓝松鸦萨米，上帝啊，你大老远地跑到这里干吗呀？"布默惊叫道。

"准备上床睡觉呀！"萨米回答说，"喂，布默，你能帮我做件事吗？"

"得看到底是什么事？"布默回答说。

"帮我捎个口信就行。"大嘴蓝松鸦萨米回答说。然后，萨米请布默到芳草地走一趟，告诉彼得兔，

他——布默,亲眼看见萨米已经搬到远处的老牧场了,在那里搭了个窝,正在窝里呼呼大睡呢。

　　布默答应下来以后,张开翅膀飞走了。他找到彼得兔,把萨米的话转告给他。可以想见,彼得兔大吃了一惊。我们知道,他的嘴一点不严,他立马打算把这个消息传给其他人。小黑乌鸦布莱基说得一点没错。

没有人相信彼得兔的话

彼得兔安静地坐在老沙窝里一个秘密的地方，他正在苦苦地思考着什么。昨天晚上在外面整整跑了一夜，这时候，他本应该呼呼大睡的。可是，他却一点睡意也没有。相反，他清醒得很，脑子里不停地想着事儿。

我们还记得，今天晚上稍早的时候，礼炮夜鹰布默已经把大嘴蓝松鸦萨米搬到远方的老牧场的事

儿告诉了彼得兔。布默亲眼看见他正在那里睡觉,而后便来到这里把自己的见闻告诉了彼得兔。这可是一个重大消息,彼得兔实在按捺不住了,没等布默说完,就心急火燎地去四处散布这条消息了。我们知道,彼得兔是个长舌男,嘴上根本没有把门儿的。

彼得兔急匆匆地一会儿跑到东,一会儿跑到西,逢人便说他知道大嘴蓝松鸦萨米已经搬走了,已经搬到远方的老牧场了。可让他大感意外的是,没有

人相信他的话。

"只有等等看,我们才能知道消息的真假!只有等等看,我们才能知道消息的真假!"臭鼬吉米说。

"萨米是在耍小聪明!"浣熊鲍比说。

"可是,礼炮夜鹰布默明明在那里看见他了呀,恰好遇见他打算睡觉,还和他说了一会儿话呢!"彼得兔大声争辩说。

"萨米也许干过这种事儿,也许没干过这种事儿。"浣熊鲍比一边说,一边仔细地洗着一个鲜嫩可口的玉米棒子。这是他从农夫布朗家的玉米地里刚刚借来的。我们知道,浣熊鲍比特别特别爱干净,每次吃东西之前,他都要把它们反复洗干净。"在我看来,"他继续说,"我宁愿相信礼炮夜鹰布默和大嘴蓝松鸦萨米串通好了,胡诌了这么个故事,用来愚弄我们的。"

"我才不相信会有这么一码事。我不相信礼炮夜鹰布默会这么做的!"彼得兔大叫道。

就在这个时候,那片赤杨林里突然传来了尖利的叫声——"抓小偷!抓小偷!抓小偷!"叫声的

森林有童话

声调和大嘴蓝松鸦萨米的一模一样。

"我跟你说什么来着?现在,你还有什么话说?"浣熊鲍比大声说。

彼得兔哑口无言,无言以对。他撇下独自啃着玉米棒子的鲍比,接下来的时间里,他把礼炮夜鹰布默的话原原本本地告诉了生活在芳草地和绿森林一带的所有小动物们。可是,他的话不但没有人相

信，反而受到大家无情的嘲笑。想想看哪，大嘴蓝松鸦萨米在大半夜里大声尖叫，大家伙儿不是全都听见了吗？

彼得兔回到老沙窝，坐在那里，任凭他怎么想，也想不通。后来，睡觉的时间到了。他打了个哈欠，伸伸懒腰，最终踏上了他专属的秘密小道。

"我在绿森林里搜搜，看看快嘴蓝松鸦萨米到底还在不在这里。"他自言自语道。

彼得兔于是把绿森林翻了个遍，逢人便问有没有见到大嘴蓝松鸦萨米。他们全都一口咬定自己听见萨米在大半夜里尖叫。但是，他们又全都说没有见过萨米。最终，彼得兔来到吸铁石雨蛙斯迪克的家中。他正小声地嘟囔着什么，没有看见彼得兔。彼得兔停下脚步，仔细地听了起来。当然喽，偷听别人说话是个坏毛病。不过，吸铁石雨蛙斯迪克的话倒是激发了彼得兔的灵感。

雨蛙斯迪克大倒苦水

斯迪克看上去一副心神不宁的样子。这一点不容置疑。不是他昨晚没有睡好,就是今儿早的饭菜不合他的胃口,或者是发生了一件意想不到的事儿,让他慌了神儿。

"它到底是什么意思呀!它到底是什么意思呀!它到底是什么意思呀!它到底是什么意思呀!"吸铁石雨蛙斯迪克一遍又一遍地嘟囔着。"昨天晚上我

听到它了，前天晚上我也听到它了，大前天晚上我也听到它了，大大前天晚上我也听到它了，大大大前天晚上我也听到它了。它到底是什么意思呀！"

"什么什么意思呀？"彼得兔问，包打听的癖好让他一刻也沉不住气儿。

"嗐，长耳朵！我知不知道，这不关你的事儿！"斯迪克没好气地说。

彼得兔假装没听懂斯迪克的话。可是，他爱打听的毛病又让他按捺不住自己的好奇心，迫切地想知道斯迪克的遭遇。而后他告诉斯迪克，礼炮夜鹰布默亲眼看见大嘴蓝松鸦萨米搬到远方的老牧场去了。可是呢，就在当天晚上，大家伙儿还是全都听

森林有童话

见大嘴蓝松鸦萨米的尖叫声,尖叫声是从这边的欢笑小溪附近的那片赤杨林传来的。斯迪克点了点头。

"我也听到了。"他说。

"如果大嘴蓝松鸦萨米已经在远方的老牧场安了家的话,那他又怎么可能跑到这里尖叫呀?告诉我这怎么可能,斯迪克?"彼得兔问。

斯迪克摇了摇头。"我不知道!我不知道!我一句话也没说,可我偏偏听到了自己的声音,你说这是怎么回事?"吸铁石雨蛙斯迪克问。

"你说什么?"彼得兔惊叫道。

斯迪克于是把自己的苦恼一股脑儿全都告诉了彼得兔。他的遭遇和大嘴蓝松鸦萨米的几乎一模一样。每天晚上,斯迪克都会听见从某棵树上传来他的声音,可他明明没有到过那棵树上,而且他一直是紧闭双唇的呀。说得更详细一些,他一直都非常忐忑不安,于是好几个晚上他都没有说过一句话。可是,他的那些邻居却一直抱怨他太吵闹了。他都快烦死了,现在一点胃口都没了。

彼得兔一边听,一边惊得目瞪口呆。他的遭遇

"嗐，长耳朵！我知不知道，不关你的事儿！"斯迪克没好气地说。

森林有童话

和大嘴蓝松鸦萨米大同小异。上帝啊,最近怪事儿怎么这么多啊?彼得兔完全被搞糊涂了。这事儿实在是太奇怪了,太奇怪了。

他必须得找到答案!

彼得兔和负鼠比利大叔不期而遇

听吸铁石雨蛙斯迪克倒完苦水以后,彼得兔返回老沙窝,心中的疑问又加深了一层。如果大嘴蓝松鸦萨米真的在远方大山脚下的老牧场一带呼呼大睡的话,那他又怎么可能会同时出现在绿森林里,在这里大声尖叫呢?如果吸铁石雨蛙斯迪克一整晚上都老老实实地待在一棵树上并紧闭着双唇的话,那他的声音又怎么会从另外一棵树上传来呢?这些

森林有童话

怎么不让人发疯呢?

彼得兔越想,心里就越觉得奇怪。晚上的时候,他终于想出了一个新点子,随后他离开老沙窝,又到绿森林里去了。他打算藏在欢笑小溪附近的那片赤杨林里。他要把那个冒用大嘴蓝松鸦萨米和吸铁石雨蛙斯迪克的声音说话的人抓个现行。他必须得搞清楚到底是谁在搞鬼!

彼得兔步履匆匆地穿过芳草地,沿着山野小路向欢笑小溪赶去。他要赶在整天乐呵呵的红圆脸太阳公公落到紫山丘后面之前跑到那里。他跑得实在是太急了,差点儿一头撞进负鼠比利大叔的怀里。"你看上去急得要命,彼得兔小鬼。"比利大叔说。

"没错。"彼得兔回答说,"我必须在天黑之前赶到欢笑小溪那里。"

"在俺看来,那肯定是件非常要紧的事儿。要不然的话,你不会这么急的。"负鼠比利大叔说。

"您猜得没错。"彼得兔回答说,"这件事简直都快把我逼疯了。"

比利大叔盯着彼得兔看了老大一会儿,就跟彼

大嘴蓝松鸦萨米

得兔得了失心疯似的。而后他把一只手贴到一只耳朵上,就好像他的耳朵不好使似的。"不好意思,我没听清楚,彼得兔小鬼。俺好像没搞明白你为什么要到欢笑小溪去。"比利大叔彬彬有礼地说。

彼得兔也顾不上太多了,他一边嘿嘿地笑着,一边回答说——

"这件事简直都快把我逼疯了。"

森林有童话

　　接下来，彼得兔把大嘴蓝松鸦萨米和吸铁石雨蛙斯迪克的烦心事全都告诉了比利大叔。这事儿负鼠比利大叔还是头一次听说。这都是因为最近比利大叔离开绿森林和芳草地，到外面拜访别人了，这会儿，他刚刚回来。他静静地倾听着彼得兔的故事。这时，他的眼睛里忽然闪现出狡黠而欢快的光芒。

　　"俺想，俺应该和你一起去。"他说。

　　负鼠比利大叔于是和彼得兔结伴来到欢笑小溪，而后他们藏到那片赤杨林里。

彼得兔和比利大叔察看动静

"到了。"彼得兔和负鼠比利大叔做了一番实地勘察之后,彼得兔说,"大嘴蓝松鸦萨米和斯迪克到底是在实话实说,还是大半夜里说梦话,我们亲自来查证一下才能知道。不一会儿,月亮婆婆就会爬到天空中了,到那个时候,这片赤杨林里如果再传来大嘴蓝松鸦萨米的叫声的话,我们就可以借着月光看清楚那人到底是谁了。"

负鼠比利大叔没吱声,一个字也不愿意回应。不过,彼得兔要是恰巧看见了比利大叔的眼神的话,那他肯定可以看见比利大叔会意的目光。

实际情况是,那个时候比利大叔正在想事儿呢。他认定自己听到了说话声,那声音和自己的一位住在老南方的老乡的声音一模一样。他越想越觉得自己的推断没有错,越觉得他的那位老乡就在绿森林一带。

"俺敢肯定那人一定是他。俺还知道他那个老家伙一肚子鬼点子,永远都不会变的。"比利大叔嘟囔

道。

"您在嘀咕什么呢?"彼得兔一边问,一边竖起了耳朵。

"没什么,没什么,彼得兔小鬼,什么事儿也没有。俺有个自己给自己说话的怪毛病。"比利大叔回答说。

彼得兔目光灼灼地看着他。可是,狡黠的比利大叔摆出一副无辜的神色。彼得兔反而脸红了起来,觉得自己不应该无端地猜疑比利大叔。

"我觉得我们最好别再说话了。要不然的话,别人会听见我们的声音。到时候,我们肯定会空忙一场。"彼得兔说。

比利大叔表示赞同。他们肩并肩地坐在那里,乍看上去,你会把他们当成木偶或者石头雕塑。欢笑小溪附近的赤杨林里的阴影越来越重。不一会儿,天就黑了下来,黑得伸手不见五指。彼得兔和比利大叔本来是要来查证事情真伪的,可天儿这么黑,他们和睁眼瞎没什么两样。时间一秒一秒地流逝着,可他们依然没有听到和大嘴蓝松鸦萨米或者吸铁石

森林有童话

雨蛙斯迪克的声音相仿的叫声。彼得兔的肚子开始咕咕地叫了起来。他越是想吃东西,肚子就越饿。就在他打算走人的时候,皎洁的月光开始洒进赤杨林里。

茂密的赤杨林和灌木丛里渗进越来越多的月光。彼得兔和负鼠比利大叔静静地待在那里。就在这时,他们听见了吸铁石雨蛙斯迪克的叫声。一开始,彼得兔认定它就是斯迪克的声音。突然,他头顶上的

大嘴蓝松鸦萨米

那棵赤杨树的树枝间传来愤怒尖利的低语声。彼得兔急忙抬头看。吸铁石雨蛙斯迪克正坐在树枝上呢,可他的声音却是从欢笑小溪的另一边传来的!

"你听到了吗?你听到了吗?远处传来了我的说话声,而我明明在这里呀!你觉得这是怎么回事儿?"斯迪克轻声细语地问。

彼得兔也搞不明白。他呆呆地盯着斯迪克,就跟斯迪克是个幽灵似的。

就在此时,大嘴蓝松鸦萨米的叫声——抑或是和萨米的声音一模一样的叫声——从刚才传来斯迪克叫声的那个地方传了过来。"抓小偷!抓小偷!抓小偷!"的叫声刺破寂静的夜晚。

彼得兔转过身,问负鼠比利大叔是怎么个看法。可是,比利大叔却不知哪里去了。

负鼠比利大叔吓了那人一跳

负鼠比利大叔听见那声酷似吸铁石雨蛙斯迪克的叫声的时候,他也和彼得兔一样,认为斯迪克正待在远处的欢笑小溪附近的那片赤杨林里的某棵树上。不过,在听到自己的头顶上方传来低语声以后,他抬起头,看见了斯迪克。比利大叔差点儿笑出声来。

大嘴蓝松鸦萨米

你比利大叔哪有那么好愚弄,
再怎么动歪脑筋儿也不顶用!
俺知道你是谁,哼,俺知道——
俺知道你是谁,万事通先生。

比利大叔一边屏住呼吸,一边自言自语地唱着这首小曲儿。彼得兔和吸铁石雨蛙斯迪克正在那里交头接耳地说着什么的时候,负鼠比利大叔偷偷地溜进灌木丛里。比利大叔只要愿意,他走路就可以不发出一丁点儿的声响,是的,一丁点儿声响也不会发出来。我们知道,要想溜进农夫布朗家的养鸡场里偷鸡蛋的话,走路不轻那哪儿成。比利大叔于是轻手轻脚地溜走了,彼得兔转过身,问他话的时候,比利大叔已经不见了。

彼得兔擦了擦眼睛,朝四周望了望,但依然看不见比利大叔的身影。彼得兔大吃一惊,禁不住浑身颤抖起来。先是从欢笑小溪的另一边传来斯迪克的声音,可是呢,斯迪克根本就不在那里。接着呢,负鼠比利大叔突然失踪了,就跟大地突然把比利大

森林有童话

叔吞了下去似的。

"这里不是我待的地儿！"彼得兔一边说，一边撒腿没命地向芳草地跑去！

负鼠比利大叔一直都在轻手轻脚地往前爬行着。来到欢笑小溪以后，他继续往前爬。最后，他来到一棵大树下。那棵大树有根树枝横跨欢笑小溪。比利大叔会游泳，不过呢，今晚他不想。他于是爬上那棵大树，沿着那根树枝往前跑。最后，他跳到地面上。就这样，他两脚不曾沾一滴水就来到了对岸。

比利大叔一秒钟的时间也不愿意浪费。他还和刚才一样，在黑夜里轻手轻脚地走着，最后，他来

大嘴蓝松鸦萨米

到一棵赤杨树下面。吸铁石雨蛙斯迪克的抱怨声似乎就是从那里传来的。比利大叔仔细地听着,听的时间越久,他的那张狡黠的脸上的笑容就变得越灿烂。

"抓小偷!抓小偷!抓小偷!"

上帝啊,这几声叫喊声和大嘴蓝松鸦萨米的叫声几乎一模一样。它的来源就在比利大叔的头顶上方。比利大叔透过赤杨树的间隙往上看去。树叶实在是太浓密了,他根本就看不清楚。不过,他看到的已经足够了。比利大叔看见了一条长尾巴,一条

081

长满羽毛的尾巴。不过，那不是大嘴蓝松鸦萨米的尾巴。

"你难道不觉得你已经做得有点儿过头了吗？"比利大叔一边说，一边努力忍住笑声。

"抓小——"这句话刚说到一半就突然中断了，两道锐利惊讶的目光射向了比利大叔。

两位老友终于重逢

"真是稀客,负鼠比利大叔!您来这里干什么呀?"那条长尾巴和那双锐利眼睛的主人大声问道。

"这里已经是俺的家了。俺已经搬到这里来了。"比利大叔回答说,"在俺看来,有问题的倒是你,你到这里干什么呀?俺敢百分百地确定,几天前,俺就听到了你的声音。俺于是四处找你,脚都快磨肿了。俺还以为自己搞错了呢。不错,现在俺知道了,

森林有童话

俺一点儿没错。上帝啊,见到你真是高兴之至!"

"谢谢您,比利大叔。"那条长尾巴和那双锐利眼睛的主人回答说。

"俺想,你想念俺的程度肯定没有俺想念你的程度深。给你交个实底儿吧,俺现在活得越来越孤单。白天的时候,我一直赖在家里睡觉。因为,你肯定也明白,俺在这里没多少熟人。俺一直担心,在绿森林和芳草地一带,刚搬到这里的人会受到欺负。

"也许俺说的一点儿也不假,晚上的时候,你不老实地待着。俺猜,你肯定也是太孤单了,才这么乱叫的。呃,没错,俺猜是这个样子的。上帝啊,

小老弟，你可把这里的人给折磨惨了，他们都快疯掉了！"比利大叔大叫道。

那条长尾巴和那双锐利眼睛的主人缩回头，而后笑了起来，他的笑声和悦耳的歌声相似极了。比利大叔一边听，一边感到心情大为舒畅。

"这里的每个人都控告大嘴蓝松鸦萨米在大半夜里尖叫，他坚决不承认。事情越来越糟，他于是搬到老牧场那里去了。"负鼠比利大叔继续说道，"他整整熬了一夜，想确定自己没有说梦话。整个晚上，他都没弄出一点儿声响。第二天早上，这里的每个人还是一口咬定昨天晚上他又大声尖叫了。可怜的

大嘴蓝松鸦萨米只好搬走。你害人不浅哪,你怎么不脸红呀?!"比利大叔一边说,一边咧开嘴笑了。

"抓小偷!抓小偷!"那条长尾巴和那双锐利眼睛的主人口里又冒出酷似大嘴蓝松鸦萨米的声音的叫声。接下来,这两个小恶棍放肆地大笑了起来。

"欢迎你到俺家做客。"比利大叔说,"俺家的那口子见到你肯定会非常高兴,她肯定会大吃一惊的,肯定会的!俺说最近几天以来俺经常听到你的说话声,她却一直耻笑俺,说俺得了妄想症。"

他们于是结伴去见负鼠老太太。接下来的时间里,吸铁石雨蛙斯迪克一边紧闭着双唇,一边徒劳地等着酷似自己说话声的声音再次响起。

恶作剧的制造者

芳草地和绿森林一带完全乱了套。是的,上帝啊,上帝啊,上帝啊!一切全都乱了套!先是生活在芳草地和绿森林一带的小动物们全都指责大嘴蓝松鸦萨米大半夜里尖叫,搅得他们没法安睡。可实际上,大嘴蓝松鸦萨米一句话都没有说。然后是吸铁石雨蛙斯迪克的邻居全都指责斯迪克夜里太吵闹了。可实际上,吸铁石雨蛙斯迪克的嘴巴闭得紧紧

的。

这一切已经够糟的了，可还有更糟的事儿呢，那就是现在大家伙儿宛然成了陌生人。那些曾经的好朋友现在只要相遇，彼此都会视对方为陌路。我们知道，生活在芳草地和绿森林一带的小动物们只要一听声音就知道对方是谁。臭鼬吉米偶然间从微笑池塘旁经过的时候，他突然听到了白眉歌鸫雷德温先生的声音，可他却没有去和白眉歌鸫雷德温先生打招呼。而是直接找到土拨鼠约翰尼，告诉约翰尼，白眉歌鸫雷德温先生正在说约翰尼的坏话。

同样的，浣熊鲍比在农夫布朗的玉米地里也听到了小黑乌鸦布莱基的说话声。鲍比于是支起耳朵仔细地听了起来，而那些话全都不怎么好听。类似的情形在芳草地和绿森林一带轮番上演。每个人好像都偶然听到别人在背后议论自己，而那些话全都不怎么中听。

只有负鼠比利大叔还能和大家保持良好的关系，没有闹僵。到目前为止，还没有谁听到他说过其他人的坏话；再加上这里也没有什么人可以说话了。

大嘴蓝松鸦萨米

所以，只要比利大叔一出现，大家伙儿就感到非常高兴。没多久，他变成了这一带最受欢迎的人。他四处行走，期望为大家伙儿解忧。你只要见到他，你就绝对绝对不会认为他会给你带来任何麻烦。上帝啊，上帝啊，你绝对不会的，绝对不会的！

每天晚上，月亮婆婆爬到天空中以后，比利大叔的家里都会有客人来访。客人来到他的家门前，在门口坐下，而后大声叫道："抓小偷！抓小偷！抓小偷！"接着，比利大叔的那张尖尖的小脸儿便会

森林有童话

出现在门口，而后他的肥嘟嘟的身子也出现了。他和他的那位长着长尾巴和锐利眼睛的朋友——我想你肯定也已经猜到了，便会凑到一起，哈哈大笑起来，就跟他们听到了最好笑的笑话似的。接下来，他们便会嘀咕起来。偶尔，他们确定没有人在附近的时候，竟然会毫无顾忌地大声说起话来。

　　他们在嘀咕些什么呢？呃，他们在嘀咕生活在芳草地和绿森林一带的那些小动物们最近遭遇到的那一连串的麻烦事儿，这些事儿好玩儿极了，他们一起商量着，不能让小动物们摆脱这些麻烦事儿。现在你该猜到了吧，之所以没有人听到比利大叔说

别人的坏话，之所以没有人说比利大叔的坏话，那是因为制造这些麻烦事儿的人不是别人，正是比利大叔本人和他的那位长着长尾巴和锐利眼睛的朋友。没错，先生！这些挑拨离间的事儿都是他们干的。大家伙儿都被骗了。他们觉得有意思极了，可是，他们根本就没有去想这样会给别人带来多少和怎么样的伤害。

浣熊鲍比发现了事情背后的秘密

浣熊鲍比睡过了头。整天乐呵呵的红圆脸太阳公公落到紫山丘后面以后,鲍比通常会疯玩一会儿。不过,鲍比通常是想一出是一出。浣熊鲍比非常喜欢在晚上四处闲逛。他疯玩儿够了以后,每天的大部分时间里便会呼呼大睡。不过,有时候他会心血来潮,白天出去闲逛,这样的话,夜晚他便会睡觉。浣熊鲍比是个非常幸运的家伙,的确非常幸运。这

大嘴蓝松鸦萨米

是因为,他在黑夜里可以看得到东西,而且他和大喇叭猫头鹰霍蒂不一样,白天的时候,他也可以看得清东西。

今天晌午之后,浣熊鲍比才上床睡觉。结果,晚上他睡过了头。整天乐呵呵的红圆脸太阳公公已经笑呵呵地爬到一竿高的时候,他才耐住性子,不再四处瞎逛,开始往回赶。这个时候,浣熊鲍比的两眼已经睁不开了。他实在是困极了,直觉得自己永远永远也回不到家了。他在绿森林里一步一步地

往前挪，来到了一根空心的圆木前。你猜他接下来会怎么做？呃，他钻到了圆木里面，没过多久，他就呼噜呼噜地打起鼾来。看他那舒服的样子，就跟他待在自己的家里一样。

接下来的时间里，鲍比一直都在呼呼大睡，直到太阳公公披上自己的那件粉红的睡衣以后，他才醒来。说句实话，他要是没有醒来的话，肯定会在那里过夜的。他是被"抓小偷！抓小偷！抓小偷！"的声音吵醒的。叫声好像就在他的头顶上方。

"把我这样的老实人都给吵醒了，大嘴蓝松鸦萨米真是不知羞耻！"浣熊鲍比一边伸懒腰打哈欠，一边咕哝道。一开始的时候，他没有反应过来，不知道自己在哪里。随后他想了起来。他正要从树洞里爬出来的当儿，突然听到了说话声，便立马停下脚步，直起身子，头砰的一声碰到了洞顶。他听到的是负鼠比利大叔的声音，知道比利大叔正坐在自己睡觉的那根空心圆木上。

"这是俺见过的最有趣的恶作剧！"比利大叔自言自语道，"过不了多久，除了俺之外，生活在芳草

大嘴蓝松鸦萨米

地或者绿森林一带的人就不会再跟其他的任何人说话了。你的花招肯定很多。"

"你猜得没错。"另外一个声音响起。这个声音浣熊鲍比还是第一次听到,不过,鲍比立马就猜到了说这话的那个人肯定来自老南方,他和负鼠比利大叔及秃鹫巴扎德老先生是老乡。"你猜得没错。"那个人继续说道,"俺的花招多着呢,还有你没见识过的呢。这简直是小菜一碟,比利大叔,把你的朋友们耍得团团转,简直是小菜一碟。俺猜他们肯定还没有被这么愚弄过。你说俺们该不该收手了啊?俺不想在白天现身。另外,俺要是被人发现的话,肯定会有俺好看的。"

"你不要担心。不会有人发现你的。俺们再玩儿一到两天。在模仿别人的声音方面,你是一个不可多得的天才。俺猜秃鹫巴扎德老先生还没有见过你吧?!"负鼠比利大叔说。

浣熊鲍比听得一点儿睡意也没有了。他努力想看清楚和比利大叔待在一起的那个人的面目,可他只能看到一条长满羽毛的尾巴。比利大叔和他的朋

森林有童话

友走了以后,鲍比这才从那根空心圆木中爬出来。他开心地笑了起来。

"我得去找秃鹫巴扎德老先生谈谈。"鲍比自言自语道。

浣熊鲍比和巴扎德老先生相见

浣熊鲍比来到秃鹫巴扎德老先生喜欢栖息的那棵高大的枯木上，在那里坐了几乎一整个上午。在这段时间里，秃鹫巴扎德老先生一直在碧蓝碧蓝的天空中盘旋。有时候，他飞得实在是太高了，在鲍比的眼里，他都快变成了一个小黑点儿。鲍比仰望着天空，脖子仰得又酸又疼。秃鹫巴扎德先生几乎不怎么扑扇翅膀，而是在空中不停地上下俯冲，左

右滑翔。看起来,他一点儿力气都不费,相反,他好像玩儿得津津有味。看起来,他真的很享受。

浣熊鲍比等啊等,最后他实在没有耐心继续等下去了。可是,如果你迫切地想得到什么东西的话,等还是值得的。鲍比只好叹了口气,努力让自己平静下来。最后,秃鹫巴扎德先生朝着那棵枯树飞了过来。他扑扇了两三下大翅膀,而后落到自己最喜欢的那根枯树枝上,居高临下地盯着浣熊鲍比看。

"早上好,浣熊鲍比小鬼。"巴扎德老先生说。

"早上好，浣熊鲍比小鬼。"巴扎德老先生说。

森林有童话

"早上好，秃鹫巴扎德先生。希望您今儿早心情不错。"浣熊鲍比毕恭毕敬地说。

"马马虎虎吧。"秃鹫巴扎德老先生说，眼睛里闪过一丝光，"俺可以为你做点儿什么吗？"

"您要是愿意的话，秃鹫巴扎德先生，您是否可以告诉我，在您曾经生活过的老南方，有没有哪个人可以模仿别人的说话声音？有没有？"鲍比毕恭毕敬地说。

"当然有了！当然有了！"秃鹫巴扎德老先生笑了起来，"小嘲鸫莫克尔可以做得到。呃，他喜欢到处给别人制造麻烦；他喜欢拿别人的痛苦当快乐。他四处瞎逛，听到谁的说话声，就模仿谁的说话声。到最后，他甚至都会怀疑起自己的声音来。你问俺这个干什么，浣熊鲍比小鬼？"

"现在，他已经来到绿森林这里了。"浣熊鲍比回答说。

"你说……什么，浣熊鲍比小鬼？你说什么？"秃鹫巴扎德老先生惊叫道，变得异常兴奋。

浣熊鲍比于是把芳草地和绿森林一带发生的麻

大嘴蓝松鸦萨米

烦事儿告诉了秃鹫巴扎德老先生。鲍比告诉秃鹫巴扎德老先生,大嘴蓝松鸦萨米已经搬到老牧场那里去了,那样就不会有人听见他在大半夜里尖叫了,可是呢,大家伙儿依然还能听见他的叫声;鲍比又告诉秃鹫巴扎德老先生,吸铁石雨蛙斯迪克都快疯掉了,这都是因为他的邻居都指责他大吵大闹,可是呢,他一直都紧闭双唇啊;鲍比还告诉秃鹫巴扎德老先生,生活在芳草地和绿森林一带的小动物们现在都相互不搭腔了,因为他们时不时听到其他人说他们的坏话。最后,鲍比还告诉秃鹫巴扎德老先

生，他藏在一根空心圆木里面睡觉的时候，听到这一切都是负鼠比利大叔和一位陌生人搞的鬼。他们恰好坐在鲍比睡觉的那根空心圆木上。秃鹫巴扎德老先生开心地笑了。

"你肯定已经猜到了，比利大叔是真正的主谋。"他说，"嗯，没错，你肯定已经猜到了，那个老混蛋是真正的主谋。负鼠比利大叔和小嘲鸫莫克尔搅在一块儿以后，他们肯定不会干什么好事的。"

浣熊鲍比忙得不可开交

浣熊鲍比和秃鹫巴扎德老先生道别而去。秃鹫巴扎德老先生在那里乐得自个儿发笑。"浣熊鲍比小鬼是个聪明的家伙。俺猜负鼠比利大叔这次肯定会自食其果的。哈哈,肯定会的,俺敢肯定他会吃不了兜着走!"秃鹫巴扎德老先生自言自语道。随即他一边张开宽大的翅膀,一边乐得前仰后合,说道:"俺想俺最好飞到碧蓝碧蓝的天空中去,那样我就可

以往下看，会有热闹可瞧喽。"

与此同时，浣熊鲍比正急匆匆地往芳草地和绿森林跑，挨家挨户地拜访住在那里的小动物们。他先是附在某个动物的耳畔耳语一阵子，而后继续拜访下一个动物。一开始的时候，谁都不相信鲍比的话，都会直摇头。看上去鲍比的口中没有一个字可以相信似的。这时候，鲍比冲着在碧蓝碧蓝的天空中翱翔的秃鹫巴扎德老先生指一指，而后低声细语地继续讲下去。说服那个人以后，他总会心满意足地带着那个人的承诺离开。

大嘴蓝松鸦萨米

浣熊鲍比想出了一个鬼点子，打算让负鼠比利大叔搬起石头砸自己的脚。这就是鲍比为什么不停地跟生活在芳草地和绿森林一带的小动物们耳语的原因。当然喽，负鼠比利大叔及其家人不是他的目标。在浣熊鲍比的记忆里，他还是第一次这么忙。

恰巧，负鼠比利大叔也在今天早上沿着羊肠小道往小山坡下走。他正如往常一样，打算去拜访自己的朋友，脸上始终挂着自己独有的笑容。

俺名叫负鼠比利，住在一棵空心大树的树洞里！

白天还是晚上出去逛，一切都由俺自己来定！

鸡蛋是俺的最爱，有时俺也会用鱼儿来填肚皮。

一句话儿说明白，俺做事随心所欲，得心应手。

这一切皆因俺叫负鼠比利，皆因俺总是万事亨通。

105

森林有童话

要想逮住你的比利大叔呀，不捷足先登哪能行。

比利大叔一边沿着羊肠小道往前走，一边哼着这首小曲儿。想到生活在芳草地和绿森林一带的小动物们被他的来自老南方的同乡小嘲鸫莫克尔耍得团团转，他就乐得合不拢嘴。

今早，他打算先去拜访土拨鼠约翰尼。在半山

大嘴蓝松鸦萨米

腰的地方,他和浣熊鲍比不期而遇。比利大叔停下脚步,伸出一只手,说道:"早上好,浣熊鲍比小鬼。今早天儿不错,你感觉怎样?"

浣熊鲍比却漠然地从比利大叔的身旁走过,就跟没有看见比利大叔似的。他甚至连看都没看比利大叔一眼。

"你今天早上怎么了,浣熊鲍比小鬼?"比利大叔大声说道。浣熊鲍比头也不回地继续往前走。比利大叔看着他的背影,脸上写满了疑惑。"浣熊鲍比小鬼肯定有很大的心事儿。"比利大叔一边迈开步子,一边咕哝道。

不一会儿,他和臭鼬吉米不期而遇。他们俩是最要好的朋友。吉米正把一根根树枝和一块块石头逐一翻开,寻找着甲虫。

"早上好,臭鼬贵邻!"比利大叔用至诚的语气说。

臭鼬吉米向来是个慢脾气,这次他却不肯放过任何一根树枝和任何一块石头,就跟他根本就没有看到比利大叔或者听到比利大叔的声音似的。说得

准确点儿,他翻开一块石头以后,随即就把它扔到比利大叔的尾巴上。比利大叔一边从石头底下往外抽尾巴,一边痛得"哎哟!哎哟!"直叫,可吉米好像根本没听见似的。吉米目中无人地继续寻找甲虫。

比利大叔坐到地上,困惑地直挠头。刚才还挂在他脸上的灿烂笑容不见了。不多会儿,他站起来,继续往前走。不过,每走几步,就会停下来,满怀

大嘴蓝松鸦萨米

心事地挠挠头。浣熊鲍比和臭鼬吉米到底是怎么了,他怎么也搞不明白。

他实在是太吃惊了,一时间都不知道自己该是生气还是高兴。

"俺必须得搞清楚土拨鼠约翰尼小鬼到底知道些什么。"比利大叔一边急匆匆地走,一边暗自想道。

很多人不愿意搭理负鼠比利大叔

负鼠比利大叔沿着山野小路急匆匆地往土拨鼠约翰尼的家赶的时候,他的脸一直阴沉着。看上去他心情的确不怎么好,这不是我们所熟悉的负鼠比利大叔。很显然,他有很重的心事儿。土拨鼠约翰尼坐在自家的门口,看见负鼠比利大叔正沿着山野小路往这边走来。约翰尼一看见他,立马背过身去,用后背冲着比利大叔,假装看到了远处一件有意思

大嘴蓝松鸦萨米

的事儿。比利大叔在离土拨鼠约翰尼大约两步的地方停了下来。

"呃哼!"比利大叔清了清嗓子。

土拨鼠约翰尼坐在那里,一动也没有动,就跟没有听见比利大叔的声音似的。

"今早,天儿不错嘛。"比利大叔的声音听起来非常甜美。

土拨鼠约翰尼没有搭腔,随即突然站起身,钻进了自己的家里。负鼠比利大叔用一只手挠了挠脑袋,而后又换了另一只手继续挠,他脸上的困惑愈发多了起来。停了一会儿之后,他继续赶路。接下来,他看见了田鼠丹尼。丹尼正在独自玩儿呢。比利大叔开口说道:"早上好,田鼠丹尼小鬼。"丹尼这才知道比利大叔来了。

森林有童话

放到从前,见到负鼠比利大叔,丹尼早就乐得欢天喜地了。只要比利大叔停下来和他打招呼,他就会和比利大叔攀谈上一会儿。可是,今天早上,丹尼刚听到比利大叔的说话声,立马就背过身去。这让比利大叔哪里受得了。比利大叔伸出手,去拧田鼠丹尼的耳朵,想让他转过身来。谁知丹尼好像早就猜到比利大叔会来这一手似的,他一言不发地躲进茂密的草丛里,消失在了比利大叔的视野里。

负鼠比利大叔只好作罢,不再寻找丹尼。而后他赶到了微笑池塘那里。水獭小乔、水貂比利和麝鼠杰里正在那里玩儿得很开心。比利大叔的身影他们全都看见了。来到微笑池塘的岸边时,比利大叔看见这三个调皮鬼正坐在大石头上,全都用后背冲着他。

"你们好,小鬼们!"比利大叔大声说。

扑通!他们一头扎进微笑池塘里去了。比利大

比利大叔看见这三个调皮鬼正坐在大石头上，全部用后背冲着他。

叔站在岸边左等右等，可他们始终没有现身。甚至连青蛙爷爷弗洛格见到比利大叔也连忙背过身去。比利大叔多次想挑起话头，可青蛙爷爷弗洛格的耳朵好像突然之间变聋了似的。

一整天，比利大叔不管走到哪里，他就只能看见他的那些朋友的背影。他们全都对他视而不见，听而不闻。天儿还早着呢，他只好返身回家，往绿森林里那棵空心大树走去，打算弄明白这一切。

比利大叔向巴扎德老先生请教

秃鹫巴扎德老先生的眼睛特别尖。没有谁的眼睛能比他更尖。他在碧蓝碧蓝的半空中,盘旋来盘旋去,盘旋去盘旋来,好不悠哉!有时候,他飞得实在是太高了,在下面抬头往上看,他完全变成了一个小黑点儿。不过,他只要往下一看,芳草地上的任何动静都逃不过他的眼睛,绿森林里的很多事情,他也可以看得明明白白。很少有事情可以逃过

森林有童话

秃鹫巴扎德老先生的眼睛。这一整天，负鼠比利大叔在芳草地和绿森林一带四处走亲访友，却每次都只能吃闭门羹，秃鹫巴扎德老先生看得一清二楚，差点儿笑破肚皮。我们知道，浣熊鲍比之前挨家挨户地拜访生活在芳草地和绿森林一带的小动物们，跟他们说最近这一连串的麻烦事儿很大一部分是负鼠比利大叔在背后搞的鬼，他也早看在眼里了。

秃鹫巴扎德老先生看见比利大叔回到家以后，就坐在门口，双手托着下巴颏儿，皱着眉头，苦着脸，在那里冥思苦想着，一副心事重重的样子。过了一会儿，比利大叔抬起头，看见秃鹫巴扎德老先生正在半空中翱翔。比利大叔像个弹簧似的跳了起来。

"俺猜，心神不宁的比利大叔接下来肯定会找俺的。"秃鹫巴扎德老先生一边说，一边咯咯地笑了起来。他从半空中俯冲下来，落到绿森林里的一棵高大的枯木上，这是他最喜欢落脚的地儿。他刚落到树上，负鼠比利大叔就已经拖着步子来到了这里。他咻咻地喘着粗气。

大嘴蓝松鸦萨米

"最近还不错吧，秃鹫巴扎德先生！俺真心地希望你心情舒畅。"比利大叔搭讪道。秃鹫巴扎德老先生眨巴了几下眼睛，然后回答说："我很好，负鼠比利大叔，谢谢您的关心。俺希望你也心情舒畅。你看起来好像从来就没有什么心事儿似的。"

比利大叔咧开嘴笑了。而后他开口说话了，样子看起来蠢极了："你说得没错，秃鹫巴扎德先生，你说得没错！没有什么事儿可以让俺心神不宁的。"他一边说，一边在心里盘算着怎么才能既可以从秃鹫巴扎德老先生那里打听到事情的原委，又可以不让秃鹫巴扎德老先生看出他正烦着呢。

森林有童话

"负鼠比利老兄，俺注意到今天早上你散了好大一会儿的步。"秃鹫巴扎德老先生说。

"你说的是真的吗？原来你一直都在注视着我的一举一动呀，秃鹫巴扎德先生！"比利大叔说。

"俺看到你拜访了很多朋友。朋友多了就是好，是不是，负鼠比利老兄？"秃鹫巴扎德老先生说。

比利大叔目光灼灼地盯着秃鹫巴扎德老先生看。他在想，自己的那些朋友今天早上全都反常得很，不愿意理他，这一切秃鹫巴扎德老先生有没有也看到了呀！可是，秃鹫巴扎德先生从始至终板着一张脸，就跟一位判官似的。这时，秃鹫巴扎德老先生突然背过身去，结果比利大叔又看到了一个后背。比利大叔惊得目瞪口呆，一时间竟然忘记该怎么开口说话了。这时候，他听到了低低的声音，听起来像嘿嘿的笑声。接下来，嘿嘿声变成了哈哈大笑声。比利大叔也忍不住哈哈大笑起来。

"俺给你出个主意——你到俺的老乡小嘲鸫莫克尔藏身的地方，把他找来，然后把他介绍给生活在芳草地和绿森林一带的这些小动物们。"秃鹫巴扎德

老先生说。

比利大叔摇了摇头，不赞同他的主意。小嘲鸫莫克尔把这些小动物们要得够呛，比利大叔觉得他们是不会轻易放过他的。到时候，小嘲鸫莫克尔肯定没法再在绿森林里待下去了。比利大叔于是使劲地挠了挠头，思来想去，巴望着能想出一个计策，好让小嘲鸫莫克尔摆脱麻烦。最后，他回到树洞里，把自己的心事儿一五一十地告诉了负鼠老太太，询问她有什么良策没有。

"你们是自作自受！你们全都是自作自受！"负鼠老太太没好气地说。她整天忙着照料家中的那八

森林有童话

只小负鼠,根本就没什么闲工夫管这种事。

"俺记住了,俺真的记住了。"比利大叔唯唯诺诺地说。

> 淘气的恶作剧比凶狠的麻烦老先生还麻利。
> 可是,他们的尊容和手段却是大同小异。
> 只要乱搞恶作剧,你迟早会发现
> 麻烦老先生和恶作剧乃是同胞恶兄弟。

负鼠比利大叔支棱起耳朵,仔细地听着这首小曲儿,就跟他是第一次听见它似的。他一边听,一边不停地点头,就好像那每一个字都说到他的心坎儿上了似的。负鼠老太太还在抱怨和斥责。实际上,她正在想对策呢,比利大叔心里明白得很。最后,她终于把门口打扫干净了,满腹心事地看着比利大叔。

"你为什么不给小嘲鸫莫克尔接风洗尘呢?"她说。

"正合俺意！"比利大叔大叫道，而后他那惯有的笑容一瞬间又回到了他的脸上。

负鼠比利大叔举办欢迎宴会

比利大叔的家人从老南方搬到绿森林里以后,彼得兔给他们设宴接风。从那以后,这种欢迎宴会再也没有举办过。负鼠比利大叔这次举办的欢迎宴会顿时成为绿森林里的一件大事。一开始的时候,比利大叔心里直犯嘀咕,怕没有人赏光。我们还记得,芳草地和绿森林一带的麻烦事儿都是他招来的。他已经知道生活在芳草地和绿森林一带的小动物们

大嘴蓝松鸦萨米

都已了解实情。所以,他不敢托西风老妈家的微风梅里众兄弟给大家送请柬,生怕他们不愿意接受邀请。当然喽,这意味着比利大叔必须硬着头皮自己去通知。

可是,上帝啊,这可不是件好差事儿!比利大叔长这么大还是第一次这么犯难。我们知道,比利大叔整天活得无忧无虑,从来不知道烦恼为何物。可是,上帝啊,把这些请柬亲自送上门——呃,就跟比利大叔说的那样,他"宁愿把脚底磨破",也不愿意去送请柬。他整整花了两天的工夫,这都是因

森林有童话

为这里的人实在是太多了。送请柬可真不是件好差事,他的那些老朋友只要一看见他来了,就立马转过身去,假装没有看见他。比利大叔只好摘下帽子,毕恭毕敬地鞠上一躬,假设自己所要邀请的那个人没有背过身去,正面对面地听他说话。他每次都会这么说——

俺恳求你的原谅,俺的心天地可鉴,
对不起,都是俺害得你麻烦不断。
俺以后要是再斗胆儿把你来戏弄,
那就让俺的这小命儿登时了断。
俺恳求你原谅你的比利大叔这一回,
俺恳求你和你的比利大叔尽释前嫌。
俺恳求你接受俺的邀请,
希望你下周一晚上赏光
到俺住的那个树洞里去一趟,
让俺家变得热闹又欢畅。
俺还想让你认识一下俺的老乡,
俺肯定他会成为你的最好朋友。

大嘴蓝松鸦萨米

说完以后,比利大叔又毕恭毕敬地鞠上一躬,然后又到下一家去。当然喽,他也拿不准他昔日的朋友会不会接受他的邀请,他也顾不上那么多了,而是一家接一家地继续拜访,如同每个人届时都会到访一般。

当然喽,举行宴会的时候,生活在芳草地和绿森林一带的小动物们全都出席了。大嘴蓝松鸦萨米甚至都来了。他的邀请信是比利大叔托秃鹫巴扎德老先生送达的。秃鹫巴扎德先生专程赶到远方的老牧场,找到了大嘴蓝松鸦萨米。萨米便选在举行宴会的那天回到绿森林。

大家伙玩儿得别提有多开心啦!好吃的东西堆成了小山,丰盛极了。他们又唱又跳,又玩儿起捉迷藏。最后,比利大叔爬到一个木桩上。今天,他拿出最好的衣服穿上,脸上的笑容从没有这么灿烂过。大家伙儿围拢过来,想听听比利大叔将要说什么。

"亲爱的朋友们,亲爱的左邻右舍们,"比利大

叔说,"俺有个大惊喜要送给你们。"

随后他下到地上。每个人的好奇心全都被吊了起来,都迫切地想知道那个大惊喜到底是什么。

负鼠比利大叔口中的特大惊喜

小动物们全都交头接耳起来,都在胡乱猜测着比利大叔口中的那个特大惊喜到底是什么。比利大叔说完话以后,就一溜烟地跑了,早就没影儿了。就在这时,水貂比利突然想起来了,这次欢迎宴会召开的目的是要让他们结识负鼠比利大叔的一位朋友,可他的那位朋友到现在也没有现身。水貂比利把这件事儿告诉了水獭小乔;接着,水獭小乔把这

森林有童话

件事儿告诉了麝鼠杰里；接下来，麝鼠杰里把这件事儿告诉了大嘴蓝松鸦萨米……就在这个时候，蓝松鸦萨米刚要开口继续传话，附近茂密的铁杉林里突然传来尖利刺耳的叫声——"抓小偷！抓小偷！抓小偷！"——那声音和大嘴蓝松鸦萨米的叫声一模一样。

　　大嘴蓝松鸦萨米的情绪突然失控。"就在那里！"他尖声惊叫起来！"麝鼠杰里，你就站在我的面前，可你却听见别处传来我的叫声。你知道了吧，发出尖叫声的那个人不是我！我已经说了，我没有在大

半夜里大声尖叫过,现在,你们知道了吧!"

麝鼠杰里看上去简直不敢相信自己的耳朵。接下来,吸铁石雨蛙斯迪克的呱呱声也响了起来——"要下雨了!要下雨了!要下雨了!"这几句叫声听上去是从同一片铁杉林里传来的。每个人都听见了,他们急忙抬起头,想弄清楚斯迪克到底在哪里的时候,突然有个什么东西落到了他们中间。那东西正是斯迪克本人,他也没有待在那片铁杉林里。

"你们听到了吧!"斯迪克一边尖叫,一边怒不可遏地上蹿下跳,"你们听到了吧!说话的那个人不是我,是不是?那个声音和我的说话声一模一样,但是,说话的那个人不是我,因为我在这里待着呢!我又没有分身术,怎么可能同时在两个地方出现呢?你们告诉我,这到底是怎么一回事儿?!"

可是,没有人说得清楚。斯迪克还在喋喋不休地咒骂着,叫嚷着,肚子气得圆鼓鼓的。大家伙儿听见从那片铁杉林里传来小黑乌鸦布莱基的"呱呱!呱呱!呱呱!"声的时候,全都没心思去搭理斯迪克了。晚上的时候,布莱基从不出门,没有人知道

森林有童话

小黑乌鸦布莱基也来参加了这次欢迎宴会。

"出来,布莱基!"小动物们异口同声地大叫道。可是,布莱基始终没有现身。让他们大吃一惊的是,那片神秘兮兮的铁杉林里突然传来曼妙的歌声,歌声实在太悦耳了,歌声停止以后,小动物们忍不住热烈鼓掌。而后那片铁杉林里又接二连三地传来悦耳的歌声,就像绿森林和芳草地一带的那些歌手全都聚到了那片铁杉林里似的。接下来,铁杉林里又响起了白眉歌鸫雷德温先生的歌声,而后是

大嘴蓝松鸦萨米

巧妇鹪鹩珍妮的歌声,再接下来是草地鹨卡罗尔的歌声,"小朋友"歌带鹀斯帕罗甜美欢快的歌声也让大家伙儿一饱耳福。大家伙儿从来没有听过这么多人的歌声。歌声停止以后,所有人全都欢呼起来,想继续听。甚至连吸铁石雨蛙斯迪克也忘记继续发脾气了。

歌声没有继续响起来,相反,那片铁杉林里飞出一位陌生人。他的个头儿和大嘴蓝松鸦萨米不相上下,身穿一件灰色旧外衣,外衣上衬着白衬边。他借着月光,向一个木桩飞去,刚刚飞到那个木桩上,负鼠比利大叔便出现了。比利大叔的脸笑成了一朵花儿。

"生活在绿森林和芳草地一带的朋友们,俺想让你们认识一下俺的一位老友,他就是小嘲鸫莫克尔。他刚刚从俺的老家——老树林那里来到这里。他有着世界上最为美妙最为神奇的嗓子。只要他愿意,你们中的任何一个人的声音他都可以模仿得惟妙惟肖。俺们给你们招来了很多麻烦,俺们感到非常抱歉。俺们只是想开一个玩笑而已,现在俺们真诚地

森林有童话

请求你们的谅解。你们要是愿意的话,俺的老朋友小嘲鸫莫克尔就在这里,愿意接受你们的惩罚。"比利大叔说。

小嘲鸫莫克尔在绿森林安下了家

一开始，小嘲鸫莫克尔和负鼠比利大叔请求生活在芳草地和绿森林一带的小动物们给予原谅的时候，没有几个人愿意原谅他们俩。大家聚到一起，开始商量起是否惩罚他们的时候，小嘲鸫莫克尔再次亮起自己的歌喉来。歌声实在太美妙了，一曲结束的时候，大家伙儿决定原谅他和负鼠比利大叔。他们把小嘲鸫莫克尔围在中间。小嘲鸫莫克尔脾气

好,天分高,耐心大,每跟一个小动物说话时,他就会模仿那个小动物的声音。当然喽,所有人都觉得这非常好玩儿。负鼠比利大叔的夜宴结束以后,小嘲鸫莫克尔知道他已经和这些小动物们成了好朋友,他知道只要他自己愿意,他在绿森林里想待多久就待多久。

但是,芳草地和绿森林一带还有很多小动物白

有时候，月亮婆婆洒下皎洁月光的时候，他便醒来，而后亮起嗓门儿，唱起欢快的歌儿。

森林有童话

天活动，夜间睡觉，他们没有来到负鼠比利大叔所举办的这次欢迎宴会上。当然喽，第二天早上，他们听说了这个欢迎宴会。见到这个有着美妙嗓音的陌生人，他们的心里真不是滋味儿。小嘲鸫莫克尔于是找到秃鹫巴扎德老先生，两人结伴去拜访那些没有参加夜宴的小动物们。自然，小嘲鸫莫克尔免不了要卖弄一下自己的歌喉。逐一拜访完毕以后，小嘲鸫莫克尔累得筋疲力尽。不过，他却是打心眼儿里高兴。这都是因为他结交了很多新朋友，他还可以和他的两位老朋友——负鼠比利大叔和秃鹫巴扎德老先生——一起住在绿森林里了。

所以呢，没过多久，小嘲鸫莫克尔就在这里安下了家。他感到非常高兴，整天唱个不停。有时候，月亮婆婆洒下皎洁月光的时候，他便醒来，而后亮起嗓门儿，唱起欢快的歌儿。彼得兔觉得这位新来者的嗓子美妙极了，于是偷偷地跟在他的身后，看他模仿别人的叫声，看他愚弄别人。这真是好玩儿极了。结果，彼得兔和小嘲鸫莫克尔成了好朋友。所以呢，有一天彼得兔听别人说小嘲鸫莫克尔的嗓

大嘴蓝松鸦萨米

子是假嗓子的时候,他心中的怒气就不打一处来。当然喽,他不能直接去问小嘲鸫莫克尔。因为他不想让小嘲鸫莫克尔知道别人在说他的坏话。最后,他想到了青蛙爷爷弗洛格。青蛙爷爷弗洛格是个见多识广的长者。"他肯定知道。"彼得兔一边往微笑池塘赶,一边自言自语地说。

"青蛙爷爷弗洛格,小嘲鸫莫克尔有着一副奇妙的嗓子,只要听到别人的说话声,他就可以模仿那个人的声音,您可以告诉我为什么吗?"彼得兔问。

森林有童话

不巧的是,那天早上青蛙爷爷弗洛格心情不好。他还没听到别人说小嘲鸫莫克尔的嗓子是假嗓子。他觉得彼得兔之所以这么问,是想让他讲个故事而已。

"哼!"青蛙爷爷弗洛格没好气地说,"去问秃鹫巴扎德先生吧!"之后,彼得兔再也没能从青蛙爷爷弗洛格的嘴里套出半句话。结果呢,彼得兔只好告别青蛙爷爷弗洛格,去找秃鹫巴扎德老先生了,想问问秃鹫巴扎德老先生的朋友小嘲鸫莫克尔为什么会有这么奇妙的嗓子。

大嘴蓝松鸦萨米

彼得兔告诉秃鹫巴扎德老先生,说有传言称小嘲鸫莫克尔的嗓子是假嗓子的时候,秃鹫巴扎德老先生乐得哈哈大笑起来。"传言没一句话是真的,彼得兔小鬼。"他说道,"你回去吧。去告诉你的朋友们,那些从老南方来到这里的飞鸟中,小嘲鸫莫克尔是最可爱的一个。"

朋友们,大嘴蓝松鸦萨米所经历的一连串奇遇暂时只能讲到这里了。其他很多小动物也经历了一些奇遇,麝鼠杰里就是其中的一位。在下一本书,也就是在《麝鼠杰里的秘密》一书中,我们将会读到很多和麝鼠杰里有关的奇遇。

伯吉斯的动物世界

桑顿·伯吉斯，美国著名儿童文学作家，自然主义者，自然资源保护论者。1874年出生于美国马萨诸塞州科德角半岛的桑威奇。那一带有着大片的树林和湿地，是野生动物们的乐园。伯吉斯童话故事中的微笑池塘、绿森林、欢笑小溪和老沙窝等就是以这里的池塘和森林作为原型的。

伯吉斯小时候家境贫寒，幼年丧父，中年丧妻，

森林有童话

晚年丧子，母亲还身有残疾。1906年，伯吉斯的爱妻尼娜撇下他和年幼的孩子，撒手而去。据说，伯吉斯就是从这个时候开始创作睡前故事，用这些优美、温暖陪伴他的儿子度过没有母爱的童年。1910年，他的第一部作品《西风老妈》面世。在接下来的50年间，伯吉斯笔耕不辍，创作了大量童话作品，取得了卓越的成就。伯吉斯凭借超乎常人的坚强毅力、博大的爱心，成就了非凡的人生，并影响着一代又一代的读者。他一生创作了170余部作品和15000余篇发表在报纸上的专栏作品。

1965年，伯吉斯去世，享年91岁。

伯吉斯在世界上有着深远的影响：

◆美国东北大学于1938年授予伯吉斯荣誉文学学士学位。

◆波士顿自然科学博物馆授予他一枚荣誉奖章，称赞他在"引导孩子们去探索更加广阔的世界"方面做出的卓著贡献。

◆野生动物保护基金会授予他一枚杰出贡献奖

章。

◆伯吉斯去世后，美国奥杜邦协会马萨诸塞州分会出资将他在汉普登的庄园买下，并在原址上建立了"欢笑小溪野生动物保护区"。

◆1976年，伯吉斯协会和伯吉斯博物馆成立。博物馆每年自5月底至10月中旬对外开放，其宗旨是"激励人们关心、爱护野生动物，保护大自然"。

◆1979年，伯吉斯大自然中心在迪斯卡弗里希尔路成立，此后每年都会有无数参观者慕名前来参加学习班和培训班，学习伯吉斯的大自然保护理念。

◆汉普登的一所中学为纪念他，以他的名字作为校名。

◆20世纪70年代，日本一家电视台将伯吉斯的动物童话拍摄成动画片。随后，许多国家引进该动画片。

◆伯吉斯的童话作品迄今已被翻译成瑞典语、法语、德语、西班牙语、意大利语、日语和汉语等多种语言。

卡迪的动物朋友

哈里森·卡迪,美国插画大师。1877年出生于美国马萨诸塞州的加德纳。他在父亲的引导之下,对大自然产生了浓厚的兴趣,立志用画笔来表现自然之美,并开始模仿霍华德·派尔、弗雷德里克·雷蒙顿、亚瑟·伯德特·弗罗斯特等大师的作品。后来,当地一位名叫帕金斯的油画家收他为徒,教授他绘画。

从 1894 年开始，卡迪为《哈珀青年人杂志》《布鲁克林鹰报》《时尚好管家》《乡村绅士》《生活》《男孩生活》《星期六晚邮报》等报刊创作了大量插画。卡迪的绘画作品深受广大读者的欢迎，这其中就包括"迪士尼世界"的创始人沃尔特·迪士尼。艾美奖和奥斯卡最佳动画短片奖获得者、纽约大学电影学院教授约翰·康尼扎罗将卡迪列为对沃尔特·迪士尼有着决定性影响的画家之一。卡迪的绘画对其他作家和插画家也产生了深远的影响，这其中就包括"贝贝熊系列"的作者简·贝伦斯坦和斯坦·贝伦斯坦以及"斯凯瑞金色童书"的作者理查德·斯凯瑞。美国艺术档案馆、《纽约先驱报》档案馆以及伯吉斯博物馆都珍藏着卡迪的绘画作品。

卡迪和伯吉斯一直保持着长期的合作关系，为他的"睡前故事"的报纸专栏创作插画，并获得伯吉斯的高度认可。伯吉斯称赞卡迪画笔下的那些动物，诸如彼得兔、臭鼬吉米、蓝松鸦萨米、浣熊鲍比、水獭小乔、水貂比利、麝鼠杰里、青蛙爷爷弗洛格等，"奇妙无比，温柔可爱，犹如来自永恒的魔

幻世界"。

卡迪晚年仍一直坚持创作。他于1970年辞世，享年93岁。

精彩评赞集锦

我上小学时……我和我家人常去新罕布什尔州消夏。那里人烟稀少,我只能和我哥哥一起玩……我记得我那时酷爱动物童话,比如说"猪宝弗雷迪"系列和伯吉斯的动物童话等。我还记得在我哥哥忙自己的事而我手头又没有童话可读时,我就会感到百无聊赖,烦躁不安。

——诺贝尔经济学奖得主 乔治·阿克洛夫

森林有童话

我坚定不移地效法我父母,坚持给孩子们读书……为了能更好地为他们读书,我在戴维营、肯纳邦克波特和白宫准备了一大堆书。其中有《圣经故事》、芭芭拉·库尼的《花婆婆》、马丁·汉德福的《沃尔多在哪里》以及伯吉斯的动物童话等。这些书由于经常翻阅,已经快散架了。但我视它们为自己的孩子,依然珍藏着它们。

——美国前总统小乔治·布什的母亲
芭芭拉·布什

卡迪对"迪士尼世界"的创始人沃尔特·迪士尼有着决定性的影响。

——艾美奖、奥斯卡最佳动画短片奖得主
约翰·康尼扎罗

理查德·斯凯瑞的父亲是一位杂货店店主,他们的家境很不错,少年斯凯瑞读到过很多动物童话,其中就包括美国多产作家伯吉斯的动物童话。

——美国学者　鲍比·莱蒙特

大嘴蓝松鸦萨米

用"宝典"一词来形容这套书（伯吉斯的动物童话）一点都不夸张。它让我们想起了那样一个时代——孩子们可以拥有自己的想法，可以让想象力自由驰骋，而不是像现在这样，仅仅是一群程式化的"小大人"。这套书将给家长和孩子们一种全新的体验，让睡前时光变成一段美妙无比的旅程。

——美国著名记者、作家　米奇·德克特

直到有了自己的小孩，我才意识到给孩子读这些睡前故事（伯吉斯的动物童话）是多么的有趣。给孩子们赠送图画书和童话书并不是件难事，但朗朗上口的童话故事总是可遇而不可求。家长们要是想让自己的孩子们和自己获得阅读的愉悦，这些故事将是不二选择。

——美国著名作家、《世界杂志》总编辑
马文·奥拉斯基

森林有童话

后记：动物们的世外桃源

童年生活，对幼年丧父、母亲半残的伯吉斯来说，绝非一曲意趣盎然的田园牧歌。但乐天知命的他始终保有一份"采菊东篱下"的浪漫情怀，每每回忆起科德角半岛，每每回忆起那里的草地和森林，每每回忆起自己在那里的漫游岁月，都喜欢用"美妙甜蜜"来形容。他坦言，他对那段世外桃源式童年生活始终怀有一份眷恋，正是这份眷恋塑造了他

的自然观。虽然"在常人眼里,'大自然母亲'平淡而乏味",但伯吉斯始终认为自己在科德角半岛的童年生活充满"世外桃源式的意趣"。这种意趣在他所创造的动物小说世界中无处不在。他为动物们创造的是一个怡然自得的世外桃源。这个世外桃源有着一派理想化的田园风光——在这里,动物们虽然会说话,但它们依照自己的习性生活着。青蛙爷爷弗洛格虽然会说话,虽然穿着漂亮的夹克,但它的行为是一只青蛙的行为,并没有被拔高到人类行为的高度。同样,彼得兔、浣熊鲍比、狐狸雷迪等,都依照自己的天然属性生活着。从这个意义上讲,这些故事和《柳林风声》一样,是真正意义上的动物故事。

在这个风景旖旎的世外桃源里,物竞天择的自然法则虽然无法抗拒,但小动物们始终能通过守望相助,过着惊险刺激而又丰富多彩的生活。它们热衷于在田间、草丛里、树林里、池塘中、洞穴里、蓝天中玩耍嬉戏,喜欢四处找乐子;有时候,为了满足自己的好奇心,竟然甘冒生命之险……不过,

森林有童话

在大多数时间里，它们还是不愁吃，不忧穿。正如伯吉斯在《永志不忘——一个业余自然爱好者的自传》中所描述的那样，它们似乎"有必要就这样长生不老地生活下去"。

在这个世外桃源里，时间似乎永远静止——春天的时光总是很长；冬天来临后，那些不需要冬眠的动物虽然会挨冻、受饿，但永远不会被冻死，也不会被饿死。在这个世外桃源里，死神似乎永远不会光顾。伯吉斯坦言，"有时候，忘却那些冷冰冰的科学事实和知识……欣赏光怪陆离的幻想世界……是一件愉悦的甚至是有益无害的事"。

在这个世外桃源里，人类只是边缘角色，很少闯入这里。在绝大多数时间里，人类只在农场里活动，那些农场和它周围的动物世界一样，也具有世外桃源的色彩。即使有偷猎者闯入，动物们也能通过守望相助让他们无功而返。在伯吉斯的笔下，那些动物在芳草地、绿森林、微笑池塘、欢笑小溪一带经历着一次又一次奇遇，而和这些地方毗邻的农夫布朗的农场只是一个背景。农夫布朗的儿子——

刚出场时,他是一位猎人的形象,动物们看到他都会望风而逃。不久,他成为一位动物保护者和救助者,偶尔会突然闯入动物们的世界,而那些动物——臭鼬吉米和负鼠比利大叔是它们中的代表人物,它们俩一想到鸡蛋就会垂涎三尺——则经常悄悄地溜进农夫布朗的农场里的养鸡场去偷鸡蛋吃。

但是,这些动物一旦离开那个充满欢笑的理想世界,溜进陌生的世界,它们马上就会失去安全感,经受着不安和恐惧的侵扰。它们最终会选择逃回它们的世外桃源。这正应了那句"金窝,银窝,不如自己的草窝"的俗语。

细细想来,伯吉斯笔下的这个世外桃源何尝不是人类几千年来孜孜以求的理想世界。从这个意义上讲,伯吉斯的价值观其实就是人类所共同追求的理想境界。因此,他的作品不仅适合儿童阅读,同样也可以让成年人获得感悟。

李现刚